新　潮　文　庫

おちゃめなパティ

ジーン・ウェブスター
三　角　和　代　訳

新　潮　社　版

11987

目次

おちゃめなパティ

1 学園を改革しよう

「ひどい！」と、プリシラ。

「頭にくる！」これはコニー。

「いじわる！」パティは言う。

「三年もいっしょだったのに、いまさら別々にするなんて――」

「それに、去年は特別に悪かったわけでもないのに。もっと罰点をもらった子はたくさんいたよね」

「ただ、わたしたちのいたずらはちょっと目立ったかな」パティは認めた。

「でも、最後の三週間はだいぶおとなしくしたよ」コニーがささやかな抵抗をする。

「しかも、わたしのあたらしいルームメイトを見て！」プリシラが泣き言をこぼす。

「アイリーン・マカルーよりマシだよ」

「マシじゃないわ！――中国育ちなのは、お父さんが宣教師だからだって。聖書のヨブの末娘にちなんでケレン・ハプク・ハーシーなんて名前なのに、あの人、それを変だって思っていないの！」

コニーがふさぎこんで言う。「アイリーンは夏休みに九キロ太ったんだ。体重は――」

「でも、わたしのルームメイトも相当なんだから！」パティもがまんできず叫んだ。

「名前はメイ・マーテル・ヴァン・アースデール」

「ケレンはガリ勉で、集中できるように、わたしが忍び足で歩くのが当然だって思っているのよ」

「メイ・マーテルのおしゃべりを聞かせたいな！　彼女、自分のお父さんは投資家だ、わたしの父の仕事も教えろとうるさくてね。それで父は改革を重んじる判事で、長いあいだ投資家を刑務所に入れてきたと言ってやったの。そうしたら、彼女はわたしが礼儀をわきまえないお子様だって」パティはちょっとにやりとした。

「そう言う彼女はいくつ？」

「十九歳で、いままでに二回プロポーズされた経験あり」

「なにそれ！　どうしてそんな人が聖アーシュラ学園に？」

「お父さんとお母さんは十九歳で駆け落ちして結婚したから、彼女もそうならないか心配してるみたい。それで、評判がよくてきびしいミッション・スクールを選んだの。メイはメイドがいなければ、髪のまとめかたもわからないんだよ。月長石《ムーンストーン》についてやたらと迷信深いし。おまけに絹のストッキングしかはかなくて、安いお肉の煮込み料理なんかいやだって言うんだから。わたしがベッドの整えかたを教えるしかなさそう。いつも豪華なホワイト・スター汽船で大西洋を渡ってヨーロッパに行くんだって」

パティはルームメイトについてわかっていることを、手当たり次第にぶちまけた。

ほかのふたりは同情しながら耳を傾け、自分たちの愚痴もつけくわえた。

コニーが言う。「アイリーンの体重は七十二キロごえ。服を入れないでそれだよ。お菓子をぎっしり詰めこんだスーツケースをふたつも持ちこんでね。部屋中にお菓子を隠しているんだ。ゆうべ、最後に聞こえたのはアイリーンがバリバリってチョコレートをかじる音だった——そして今朝、最初に聞いたのもその音。あの子、なにもしゃべらないの。ひたすらお菓子をもぐもぐ。牛がルームメイトみたい。そのうえ、ご近所もすごい顔ぶれ！　キッド・マッコイが向かいの部屋で、半ダースのカウボーイよりうるさいんだよね。隣は新入りのフランス人の子——ほら、黒髪を二本の三つ編みにしたかわいい子だよ」

「彼女はまだ友達になれそう」と、パティ。

「話せたら友達になれたと思うけれど、五十くらいしか言葉を知らないんだもの。あの子と同室はハリエット・グラッデン、牡蠣《かき》みたいにじっとりどんよりしている人だし、廊下の突き当たりはエヴァリーナ・スミスの部屋だよ。エヴァリーナが話にならない変わり者だって、知ってるよね」

「ああ、それは最悪！」ほかのふたりは口をそろえた。

コニーが言う。「ローディのせいだよ。あの先生が口をはさまなければ、奥方様はあたしたちを離ればなれにしなかったはず」

「そしてわたしは寮長にローディを引いちゃった！」パティは嘆く。「あなたたちふたりはマドモワゼルとウォダムズよね、親切でにこにこして素直で子羊みたいな先生たち。でも〈東棟〉の女子たちはローディの許可がなかったら、くしゃみもできな――」

「シーッ！」と、コニー。「ご本人登場だよ」

廊下を通りかかったラテン語教師はドアの前で足をとめた。コニーはお行儀を思いだして、服と本とクッションが散らかったベッドから立ちあがった。パティはベッドの足元の白い鉄の棒から滑り、プリシラはスーツケースから下りる。

「レディは椅子《いす》ではない家具に座らないものですよ」

「はい、ロード先生」三人は声をそろえてつぶやき、うつむきかげんで見ひらいた目を向けた。これまでのスカッとできた経験から、ほほえみながら黙ってしたがうことくらい、この先生をいらいらさせることはないと知っている。

ロード先生はじろじろと部屋中を見まわした。パティは旅行着のままだ。

「制服を着なさい、パティ。そして荷ほどきをして。スーツケースは明日、地下室にかたづけますからね」

「はい、ロード先生」

「プリシラとコンスタンス。どうしてほかの子たちのように外に出て、この美しい秋のお天気を楽しまないのですか？」

「でも、あたしたちはこんなに長いこと、パティに会っていなかったんですよ、それに今度は寮の棟が別々になってしまって――」コニーがあわれっぽく、くちびるのはしを下げて訴えはじめた。

「この部屋替えはあなたたちの勉学のためになると、わたしは信じていますよ。あなたたち、パティとプリシラは大学に進むのですから、そのために備える必要があると自覚すべきです。ここで申し分のない土台を築けるかどうかに、大学での四年間の成功がかかっているんですよ。全人生がかかっていると言う人もいるでしょう。パティは数学が、プリシラはラテン語が不得意ですね。コンスタンスもまだフランス語に磨きをかけることができるでしょう。本気で取り組んだら、どれだけの成果が出せることか、楽しみにしていますよ」

先生は三人にそれぞれ短くうなずいてみせると、立ち去った。

「わたしたちは努力していられればしあわせ、先生たちが大好きでーす」パティは皮肉ぶって歌うように言いながら、荷物をかきまわして青いスカートと袖《そで》にゴールドの〝St. U.〟の刺繡《ししゅう》があるセーラー襟のブラウスを取りだした。

パティが着替えをするあいだ、プリシラとコニーは彼女のスーツケースの中身をタンスに移し替える手伝いに取りかかった。出てきた順にてきとうに投げ入れたけれど、いちばん上だけはきちんとたたんでおいた。先ほどの働きすぎの若い教師は、毎週土曜の朝に六十四のタンスと六十四のクローゼットを調べるという感謝されない仕事をおこなっているのだが、さいわいにも人を疑わない性格だった。表面の下まではつつくことがない。

「ローディはわたしの成績について、あんなに騒がなくてもいいのにね」プリシラは腕いっぱいに服を抱えて顔をしかめた。「赤点はラテン語だけだったのに」

「気をつけて、プリス！　あたらしい舞踏服の上を歩いてる」パティがブラウスの首から顔を出しながら叫んだ。

プリシラは言われるままに青いシフォン地の塊から下り、また文句を言いはじめた。「ヨブの末娘とくっつけておけば、わたしのラテン語の読解力があがると先生たちが思っているのなら――」

「先生たちがあたしの部屋からアイリーン・マカルーを追いだしてくれるまでは、勉強なんかムリムリ」コニーも同じようなことを言う。「べとついたパン生地みたいな子がいたら、気が散って仕方がないよ」

「文句を言うのは、メイ・マーテルと知りあってからにしてほしいな！」パティは散らかりほうだいの部屋の床に腰を下ろし、真剣な目を大きくひらいてほかのふたりを見あげた。「彼女、胸元が大きく開いたイヴニングドレスを五着持ってきて、靴は全部かかとの高いフレンチヒールなんだから。しかも、コルセットを使うんだよ！　息をとめてひもを引っ張ってね。でも、最悪なのはそこじゃない」パティは声を落として内緒話をする。「彼女、赤いものを入れた瓶を持ってきたの。爪《つめ》の手入れに使うものだと言ってるけれど、それを顔につけるのを見ちゃったんだから（当時、一般女性の化粧は不謹慎とみなされていた）」

「ええっ！　本当なの？」コニーとプリシラはおののいた口調でささやいた。

パティはくちびるをきゅっと引き締め、うなずいた。

「ぞっとしない？」

「考えられない話だよ！」コニーはぶるりと震えた。

「ねえ、反乱を起こしましょう！」プリシラが叫ぶ。「奥方様に、わたしたちを〈パラダイス横町〉のもとの部屋にもどしてもらうのよ」

「でも、どうやって？」そうたずねるパティの額には、二本の横じわが現れた。

「もどしてくれないと、退学するって言うの」

「さすが！　気が利いた答えね！」パティが冷やかす。「奥方様は呼び鈴を鳴らしてマーティンに霊柩車《れいきゅうしゃ》の準備をさせたら、わたしたちを駅に送らせて六時三十分の列車に乗せるよ。あの人には強気に出ても効果なしだって、もうわかっていい頃じゃないかな」

「おどしても、なんにもならないよ」コニーも賛成だ。「訴えないといけないのは、奥方様の、その――ええと――」

「やさしいお心に」と、パティ。

コニーは片手を伸ばしてパティを立たせた。

「行こう、パティ。あんたは話すのがうまいもの。勇気があるうちに実行よ――みんな、心の準備はいいよね？」

三人はずんずんと、奥方様ことトレント先生のいる校長室のドアに近づいた。

「うまく駆け引きするから」パティはささやき、お入りという声を聞いてドアノブをまわす。「わたしが言うこと全部に、うなずいてね」

パティは思いのままに、ありとあらゆる方面から交渉した。三人の長きにわたる友情と離ればなれになったことへの悲しみについて、ほろりとくるような説明をして、それぞれのあたらしいルームメイトたちの問題について軽くふれた。

「まちがいなく、とてもいい子たちなんです」失礼にならないよう、そう締めくくった。「でもトレント先生、わたしたちとは合わないんですよ。気の合うルームメイトがいなければ、勉強に集中するのはとてもむずかしいことです」

パティの揺るぎない真剣なまなざしは、勉強こそが自分のすべての目的なのだと訴えていた。校長の顔にちらりと笑みが浮かんだものの、次の瞬間、またもや威厳のある表情にもどった。

「今年はどうしても勉強しないとならないんです」パティはたたみかける。「プリシラとわたしは大学に進みますから、準備をする必要があると気づいたんです。ここで申し分のない土台を築けるかどうかに、大学での四年間の成功がかかっているんですよ――全人生がかかっていると先生はおっしゃるかも」

コニーはパティを肘《ひじ》でついて警告した。いまのはロード先生の言葉をパクりすぎ、と。

「それにですね」パティはあわてて言いたす。「わたしの持ち物はすべて青なのに、メイはなんと紫のついたてと黄色のクッションを持ってるんですよ」

「それはこまりましたね」校長は認めた。

「わたしたちはパラダイス横――いえ、〈西棟〉での暮らしに慣れていますし、とても――その、夕陽が恋しくなるでしょう」

校長はあえて語らず不安にさせる沈黙のなかで、じっくり考えながら机を柄つき眼鏡でトントンとたたいた。三人はどう思われているか読み取ろうと、校長の顔を見つめた。三人には貫けない仮面のようだった。

「現在の部屋割りは仮のようなものでしてね」校長は落ち着き払った口調で語りはじめた。「いくらか変えてみるのが得策だとわかるかもしれませんし、反対の結果が出るかもしれません。今年はいつになく新入生が多いので、その子たちをいっしょにするよりは、上級生と同室にすることがいちばんいいと思えたのですよ。あなたがた三人は、ここで長いこと過ごしてきましたね。学園の伝統をわかっています。それゆえに」校長の見せたほほえみは、どこかおもしろがっているものだった。「新入生のなかに宣教師として送りこみたいのです。あなたがたの影響力を広めてくれればと期待していますよ」

パティは背筋を伸ばして校長を見つめた。

「わたしたちの影響力ですか？」

「パティ、あなたのあたらしいルームメイトは」校長は動じることもなく、話を続ける。「年齢の割に大人びています。しゃれたホテルを転々とする暮らしをしてきたので、そうした環境では、少女がいくらか影響を受けてしまうことは避けられません。あなたがメイから少女らしいスポーツへの関心を引きだせるか、試してみましょう。それからコンスタンス、あなたはアイリーン・マカルーと同室ですね。知っての通りあの子はひとりっ子で、少しばかり甘やかされているようです。あなたが彼女に人生の精神的な面をもっと大切にして、物質的なことを気にしすぎないよう目覚めさせてくれたら、とてもうれしいですね」

「あたし――あの――やってみます」コニーはいきなり意識の改革者という慣れない役割をあたえられ、口ごもってぼうぜんとしていた。

「そしてあなたの隣には年下のフランス人のオーレリー・ドレームがいます。コンスタンス、あなたがあの生徒の学校生活の監督役になってくれたらと、期待しているんですよ。彼女のほうはフランス語の日常会話についてあなたを助けられますし、あなたは英語について同じことをしてあげられますね。

それからプリシラ、あなたの同室は――」校長は柄つき眼鏡の角度を調整し、大きな部屋割り図を調べた。「ああ、そうでした。ケレン・ハーシー、とてもめずらしい少女です。あなたがたふたりは共通の話題がたくさん見つかるはずですよ。海軍将校の娘は、海外暮らしが長い宣教師の娘と境遇がよく似ていますからね。ケレンはまじめな生徒になりそうです。ただし、こんなことがあり得るとすればですが、まじめすぎるかもしれませんね。これまで同じ年頃の少女とかかわったことがなく、学校生活におけるゆずりあいについてまったく知りません。プリシラ、あの子はあなたにもっと学問にはげむよう教えられますし、あなたのほうはなんと言いますか、もっとやわらかくなるよう、あの子に教えられるのでは？」

「はい、トレント先生」プリシラは小声で答える。

校長は締めくくった。「ですから、わたしのかわりに、あなたがたを意識の改革者として学園に送りこみます。上級生に新入生のお手本となってもらいたいのです。学園のありかたを決めるものは、生徒たちの強く健全な意見であってほしいですね。あなたがた三人は影響力をおおいに発揮してください。わたしが先ほどから伝えてきた方向で、どんなことができるか楽しみです――そしてあたらしい人たちとまじわって、あなたがたがどう変わるかも。わたしは三年にわたり、あなたがたとその根本にある善良な心をじっくり見守ってきましたから、これ以上ないくらいの自信がありますよ」

校長がお下がりなさいとうなずき、三人はふたたび廊下に出た。一瞬はものも言えずに顔を見合わせた。

「意識の改革者だって！」コニーは息をのんだ。

「奥方様のことはお見通し」パティは言う。「わたしたちをあしらう、あたらしい方法を見つけたと思ってるんだな」

「でも、それでわたしたちが〈パラダイス横町〉にもどれることには、ならないわ」

プリシラは文句を言う。

パティの目が突然、きらめいた。友人たちの肘をつかむと、誰もいない教室に引っ張る。

「やれるよ！」

「なにを？」と、コニー。

「がんばって学園を改革すること。わたしたちでねばり強く、コツコツとやれば——いける！　二週間後には〈パラダイス横町〉にもどれると思う」

「そうねえ」プリシラは考えこんだ。「うん、できるかも」

「アイリーンから始めようよ」コニーは意気込んで、くわしい計画を考えはじめた。

「太ったぶんの九キロ、体重を落とさせるの。奥方様があの子は物質的なことを気にしすぎないように、と言ったのは、そういう意味だよね」

「すぐにダイエットさせよう」パティは熱心にうなずく。「それからメイ・マーテルには活発な女の子になる薬をあげるの」

「そしてケレンには」プリシラが口をはさんだ。「ふまじめになって、勉強を無視することを教えるのね」

「でも、改革するのはその三人だけじゃないから」と、コニー。「奥方様が言いたいのは、あたしたちの影響力を学園全体に広げるようにっていうことだよね」

「言えてる！」パティも賛成し、ますます興奮して生徒たちの名を挙げていく。「キッド・マッコイはいけない言葉を使いすぎるものね。彼女にはお作法を教えよう。ロザリーは勉強ぎらい。あの子には代数とラテン語をぎゅうぎゅうに詰めこむの。ハリエット・グラッデンは泣き虫。メアリー・デスカムはひどい嘘《うそ》つきだし、エヴァリーナ・スミスは話にならない変わり者だし、ナンシー・リーは告げ口屋で――」

「ちょっと考えてみれば、誰にだってなにか問題はあるね」コニーが言う。

「わたしたちにはないけれど」プリシラが訂正する。

「うん――そうね」パティは過去をじっくりと振り返って賛成した。「わたしたちに問題なんかひとつも思いつかない。改革のリーダーに選ばれたのも納得だな」

コニーが意気揚々と立ちあがった。

「さあ！　みんなのところに行って、素敵な仕事を始めようよ。偉大なる改革党、がんばるぞ！」

彼女たちは開いた窓を乗り越えて外に出た。木曜日の夜のお作法の授業で教わることとはなじまない行動だ。青いセーラー襟のブラウス姿の少女たちが、運動場でいつもグループを作って集まっている。三人は足をとめて偵察した。

「あそこにアイリーンがいる。また口をもぐもぐさせているよ」コニーはテニスコート近くの木陰にある心地よいベンチのほうにうなずいてみせた。

「サーカスをやろう」パティは案を出した。「アイリーンとメイ・マーテルに運動場で鉄輪まわしをさせるの。一石二鳥ってこういうことよね――アイリーンはやせるし、メイ・マーテルは活発な女の子らしくなる」

鉄輪まわしは聖アーシュラ学園の名物だ。ここの体育教師は少女たちに走ることを教えるべしと信じている。運動場を十一周するとちょうど一マイル（約一・六キロ）で、棒で鉄輪を押しまわしながら一マイル走れば、その日のダンベル体操や棍棒《こんぼう》体操が免除になった。三人は地下室に飛びこみ、身長ほども高さのある鉄輪を持ってもどってきた。

パティは作戦の指揮をとり、指示を出す。

「コニー、ケレンを散歩に連れだしたら、できるだけ驚かせて。あの子の堅苦しさを壊さないといけないの。それからプリスはメイ・マーテルを受け持って。大人ぶったまねをさせないでね。二回プロポーズされたと言われたら、あなたは何度もプロポーズされたから、数なんて覚えてないと言ってやって。あの人がマウントを取ろうとしてもぜったいに取らせないの。わたしはゾウの調教師になって、アイリーンを走らせるね。仕事を終える頃には、あの子は優雅なガゼルになってるから」

彼女たちはそれぞれの任務に向かって散らばった。聖アーシュラの平和は終わりを告げた。改革の苦しみに投げだされたのだ。

二週間後の金曜日の夜、校長室で臨時の職員会議がおこなわれた。五分前に消灯の鐘が鳴り、あずかった生徒たちが眠る九時間のありがたき夜にほっとして、三人のあせる教師たちは自分たちのまとめ役と問題について話し合っていた。

「でも、彼女たちがなにをしたのですか?」校長は落ち着き払った口調でたずね、次々に差しはさまれる声を押しとどめようとするがむだだった。

「正確になにがいけないと指摘することは、むずかしいのです」ウォダムズことウォズワース先生の声は震えた。「わたしの知るかぎりでは、どんな規則も破っていないのですが、あの子たちは——どう言ったらいいのか——特別な雰囲気を作りだして——」

「わたしの棟の全員が」ロード先生がぐっとくちびるをかみしめてから言う。「別々にわたしのところにやってきて、パティをコンスタンスやプリシラと〈西棟〉にもどしてくださいと頭を下げました」

「パティ!　やれやれ《モン・デュー》!」マドモワゼルは雄弁な目ん玉で天井を見あげる。「あの子が考えつくことと言ったら!　本当にいたずらですわね」

「覚えていますか」校長はロード先生に話しかけた。「あの三人を離ればなれにしようとあなたが提案したとき、それはとてもあやしい賭けだとわたしは言いましたね。あの子たちはいっしょにしておけば、おたがいを相手にしてはちきれそうな元気を使い果たしますが、離ればなれだと——」

「生徒全員の元気を使い果たしてしまいます！」ウォズワース先生がいまにも泣きそうになりながら叫ぶ。「もちろん、本人たちにそんなつもりはなくて、仕方のない性格から――」

「そんなつもりはないですって！」ロード先生の目に炎が宿る。「あの子たちは授業でないあいだはずっと、額を寄せてあたらしいいたずらの計画を立てているんですよ」

「ですから、あの子たちが具体的になにをしたと言うのですか？」トレント校長はあくまでもそうたずねる。

ウォズワース先生は自然と頭に浮かんでくるいくつもの例から、どれを選ぼうかと一瞬ためらった。

「プリシラがケレンのタンスの中身をシニー（ホッケーに似た球技）のスティックで、わざとかき混ぜているのを見つけました。なにをしているのかと質問したら、まったく悪びれることもなく、ケレンがもっとだらしなくなるよう教えているのだと答えたのです。校長先生にそうしてほしいと頼まれたと言って」

「ふうむ」校長は考えこんだ。「正確にはわたしの頼み通りではないですが、大問題ではありませんね」

「でも、わたしがなによりもこまったのは」ウォズワース先生は気後れしながら語った。「神への冒瀆《ぼうとく》になりかねないことなのです。ケレンはとても信心深いのですが、あいにくと声に出してお祈りする癖があります。ある夜、特につらかった一日のあとで、プリシラがとても腹立たしい存在であることが、神に許されますようにと祈ったのです。そうしたら、プリシラはベッドの前に膝《ひざ》をつき、ケレンのひとりよがりで強情なところがぐっと減って、もっとおおらかでオープンな精神を出し、クラスメイトたちとの楽しい遊びに参加できますようにと祈りました。ふたりはその調子で続けて——ええ、お祈り合戦のようになったのですよ」

「なんということを！」ロード先生が叫ぶ。

「それにオーレリー・ドレームの件もあります。三人はあの子に——その、日常英会話の特訓をしていたのです。あの子が繰り返しているフレーズを小耳にはさんでしまいました。レディが使う表現とは、とても言えないようなことを」

「どんな言葉でしたか？」そうたずねる校長の声は、どこか期待しているところがあった。

「びっくらこいたわ！」

ウォズワース先生の顔は真っ赤になった。彼女の性格では、これほどがさつな表現は引用するだけでもどきどきものだった。

校長のくちびるがぴくりと動いた。補佐役の教師たちはおおいに嘆いているのだが、校長は生徒の指導よりユーモアの感覚を優先させることが多い、というのは事実だった。とてもやんちゃな少女でも、愉快であれば大目に見てもらえると期待できる。一方、同じくらいやんちゃな少女でも愉快でなく、底いじが悪いと、その罪に対してしっかりと償いをしなければならない。だが幸運なことに、学園の生徒たちは校長の鎧《よろい》にこのような弱点があると気づいていなかった。

「三人の影響力は」こう切りだしたのはロード先生だ。「生徒たちのやる気をうしなわせています。メイ・ヴァン・アースデールはこのままパティ・ワイアットと同室ならば、家に帰ると言っています。どんな問題があるのかは知りませんが――」

「わたくしが知っていますわ！」マドモワゼルが言う。「学園中の生徒が笑っていることです。気の毒なイレーゲの話です」

「なんの問題と言いましたか？」校長は首をかしげる。マドモワゼルの言葉はたまに理解がむずかしくなる。母国語が同じくらいの割合でごっちゃになってしまうからだ。

「イレーゲ――前髪をポンパドールに結うときに入れる毛です。先週、あの子たちが活人画（衣装をつけてポーズを作り、絵の中の人物のように演じる）をおこなったとき、パティがそれを借り、『青ひげ』のひげにするために青く染めたのですわ。ところが、もともと黄色だったので緑になってしまった上に、いくら洗っても色は落ちません。台なしになってしまいました。まったくの台なしです。そしてパティはしょんぼりとなりました。謝りました。洗えば色は落ちると思っていたのですが、どうしても落ちないものですから、イ、い、イレーゲに合わせて自分の髪も緑に染めたらどうかとメイに勧め、メイはすっかり怒ってさんざん悪口を言ったのです。そうしたら、パティは泣きまねをしたあと、メイのベッドに花輪を置いて中央に緑の毛を捧《ささ》げると、喪章がわりの黒いストッキングをドアにぶら下げ、イ、い、イレーゲのお葬式に来るよう少女たちを招いて、それでみんながメイを笑いものにしたのですわ」

「それは構いません」校長は平然と言った。「わたしは作り物の入れ毛を使うことに賛成したくはありませんね」

「それはそうですけど」と、ロード先生。

「それに、あのかわいそうなアイリーン・マカルーのこともありますの」マドモワゼルが話を続ける。「泣いてばかりなのです。あの三人はしつこく、アイリーンはやせるべきだと言うのですが、本人はやせたいなどと思っていないのですわ」

「あの三人はアイリーンのバターを取りあげています」ウォズワース先生がたしかな証拠を持ちだした。「本人がテーブルにつく前に奪ってしまうのです。それにデザートも食べさせず、オートミールに砂糖をかけることも許しません。暇さえあれば運動を続けさせ、そのことでアイリーンがわたしに苦情をあげると、三人は彼女に罰としてもっと運動させるのです」

「こんなふうに思いますけどね」校長はやや皮肉っぽく言う。「アイリーンは健康に気を配って当然の年齢になっているのでは」

「ひとり対三人なんですよ」ロード先生が念を押す。

「わたしはパティを部屋に呼びだしました」ウォズワース先生が言う。「そして説明を求めたのです。そうしたら、校長先生がアイリーンは太りすぎだと考え、九キロ減らすことを望んでいると言ったのですよ！　パティはこれが大変な仕事で、自分たちのほうがやせてきたけれど、最上級生だから学園全体に影響力を広めるべきだと気づいたと言うのです。彼女は真剣そのものでしたね。意識の改革について責任があり、上級生として手本を示す必要があると、それはもうすらすらと語っておりました」

ロード先生が言う。「そこが彼女の生意気なところで、腹が立つんですよ」

「それは――パティらしい！」校長は声をあげて笑った。「正直に言えば、三人とも愛嬌《あいきょう》のあることをしていると思います。罪のない健全なちゃめっ気で、そうしたものはもっとあってもいいくらいです。あの三人はメイドに賄賂《わいろ》を渡してラブレターを投《とう》函《かん》させたり、菓子をこっそり持ちこんだり、ソーダ売りの店員といちゃついたりしません。あの子たちは少なくとも信頼できます」

「信頼できると言われるんですか！」ロード先生は息をのんだ。

「元気いっぱいでこまかなことを気にしないものだから、すべての小さな決まりを破っていますけどね」校長はうなずく。「ですが、少しでも卑怯《ひきょう》なことはしません。三人ともやさしい心の持ち主で、生徒たちみんなから愛されていますよ――」

出し抜けにノックする音が聞こえ、誰も返事をする暇もなく、ドアがバタンと開いてケレン・ハプクが姿を見せた。片手であざやかな日本の着物の前をかきあわせ、もう片方の手はなにやらジェスチャーをしている。着物は猫の大きさほどの火を吹くドラゴンがちりばめられた柄で、びっくり仰天する教師たちの目には、ケレンの真っ赤になった顔と乱れた髪はその柄を表現しているように映った。校長室は神聖なる場所で、形式張って校長と話すための部屋だから、生徒がこのように無作法な服装で現れたことなどなかった。

「ケレン！」ウォズワース先生が叫んだ。「何事ですか？」

「あたらしいルームメイトをください！　もうプリシラにはがまんできません。あの人、わたしの部屋で誕生日会なんかひらいて――」

「誕生日会？」トレント校長は問いかけるように、ウォズワース先生に視線を向けた。

先生はしぶしぶうなずいた。

「昨日がプリシラの誕生日で、おば様からプレゼントが届きました。今日が金曜の夜ですから、わたしから彼女に許可を出しました」

「なるほど」校長は部屋の中央で嘆くケレンに目を向けた。「そこはあなたの部屋であると同時に、プリシラの部屋でもありますからね」

ケレンは洪水のようにしゃべり出した。四人の教師たちはほとばしる言葉から、なんとかして意味をくみ取ろうと身を乗りだす。

「あの人たちはわたしのベッドをテーブルがわりに使ったんですよ、壁につけて置かれてないからちょうどいいって。そうしたら、パティはベッドのまんなかでホットチョコレートのお鍋《なべ》をひっくり返しました。うっかりしたと言っていましたけれど、わざとに決まっています、ぜったい！　わたしがなんてことをするのよと言ったら、プリシラはお客様がなにかをこぼしたとき、それを注意するのは礼儀にかなっていないと言うんです。それで、パティが気まずくならないようにと、わたしの枕《まくら》にカラントのゼリーが入ったグラスをひっくり返しました。招待主としてそうするのが礼儀正しいことで、去年のお作法の授業で教わったと。チョコレートはすっかり染《し》みこんでしまって、コニー・ワイルダーはわたしがやせていて運がよかったなんて言うんです。わたしなら染みこんだところを避けて眠れる、これがアイリーン・マカルーだったらチョコレートの上で眠るしかなかっただろう、とても身体《からだ》が大きくてベッド全体を使うからと。そうしたらプリシラが、明日が土曜で感謝したほうがいい、シーツ交換の日だからって言うんですよ。ヘタをしたらまるまる一週間、チョコレートのぬかるみのなかで眠ることになったかもね、と。そのとき消灯の鐘が鳴ったので、あの人たちはあとかたづけをしないで自分のベッドにもどり、寮母さんも寝てしまって、あたらしいシーツを手に入れられなくて、あのままじゃとても眠れません！　わたしはチョコレートのシーツで眠るのには慣れていないんです。アメリカなんかきらい、女の子たちなんか大きらい」

涙がケレンの頰からその下で火を吹くドラゴンへと垂れた。校長はなにも言わずに立ちあがって呼び鈴を鳴らした。

「ケイティ」校長は夜勤のメイドがやってくると声をかけた。「ミス・ケレンにあたらしいシーツを用意してベッドを整えてやってください。今夜のところはそれで大丈夫でしょう、ケレン。できるだけ早く眠って、話をしないように。ほかの生徒たちを起こしてはいけませんよ。ルームメイトの変更については明日考えましょう」

ケイティと憤《いきどお》るドラゴンたちは部屋をあとにした。

沈黙が流れ、ウォズワース先生とマドモワゼルは絶望した視線をかわし、ロード先生は戦闘態勢に入った。

「さあ、どうですか!」彼女は勝利を収めたような口調で言った。「三人はとうとう、かわいそうな生徒をここまで苦しめて——」

「学校生活におけるわたしの経験では」トレント校長は公平を重んじて言った。「こうしたことになるときは、本人にも考えるべき点がありますね。三人のやりかたはスマートではありませんが、やっていることにはそれなりの理由があります。ケレンのひとりよがりと協調性のなさはどうしようもないですね」

「でも、せめてケレンの苦しみはなんとか——」

「ああ、もちろんですとも。平和に向けて動きましょう。明朝、ケレンはアイリーン・マカルーの部屋に移し、パティ、コニー、プリシラは〈西棟〉のもとの部屋にもどします。マドモワゼル、あなたはあの三人には慣れていますね」

「あの子たちをいっしょにしておくならば平気ですわ。あの三人は——どんな表現がいいのか——活気にあふれている、でしょうか。別々にすると、むずかしくなりますの」

「まさか」ロード先生が校長を見つめる。「三人の感心できないおこないに報いるつもりですか？　三人はまさにこうなることを狙《ねら》って、努力していたんですよ」
「認めてあげないとなりませんよ」校長はほほえんだ。「あの子たちは懸命に努力したことを。ねばり強い努力には成功というごほうびをあげなくては」
翌朝、パティ、コニー、プリシラはドレス、帽子、クッションを腕いっぱいに抱え、陽気にツーステップを踏みながら〈パラダイス横町〉にもどり、ほっとした生徒たちが引っ越しを手伝った。三人は遠くにうろつくロード先生の姿を見かけると、親しみのある校歌のサビを歌いだした。
わたしたちは礼拝堂で説教師さまのお話を聞くのが好きです
わたしたちは努力していられればしあわせ、先生たちが大好きです
聖アーシュラの娘たち！

2 ロマンスの女王は誰？

校長は、寄宿学校の女子生徒は幼い少女のままでいるべきであり、学校生活が終わって初めて、はつらつと、熱意を持って、自然体で大人の世界に足を踏み入れるのがいいという、とても分別のある意見を持っていた。聖アーシュラ学園は女子教育の守護聖人である聖女アーシュラ（ウルスラとも。本書は英語読みにしたがっている）からもらった名の通り、俗世間から切り離された場所だ。人類の半分を占める男性のことは、眼中にないものとされている。

新入りの少女が、クラスメイトたちを満足させるむじゃきな気晴らしを鼻で笑いがちなこともあった。しかし、結局はそうした少女もあらがえずに、ここの空気に引きこまれるのである——縄跳びや鉄輪まわしをすることを覚える。紙鬼ごっこクロスカントリー（野原などで野ウサギ役が足跡として紙を撒いて逃げ、猟犬役がそれを追う）に参加することもだ。冬の午後にはスケート、ソリ遊び、ホッケー。土曜日の夜には大きな暖炉のまわりで糖蜜《とうみつ》キャンディやポップコーン作りを、あるいは衣装を探して屋根裏の衣装箱を襲撃し、なんちゃって仮装パーティを楽しむ。ほんの数週間で、どんなに甘やかされて世間なれした少女でも、この〝囲い地〟の外の呼び声を意識しなくなり、むじゃきな女の子同士の友達づきあいを楽しむようになる。

けれども、十代の少女というのは、ロ、マ、ン、ス、の呼び声にはすぐに反応するものである。たそがれどき、午後の自習と夕食前の身支度合図の鐘のあいだに、西の空に面した窓下の長椅子《ながいす》に集まると、たまに話題が将来のことに移り変わる。ロザリー・パットンがその集団にいるとなおさらだ。愛らしく、きゃしゃで、とても小柄なロザリーは、ロマンスにぴったりの姿をしていた。ロマンスは黄金に輝く髪にまとわりつき、夢見る目つきにも表れている。ラテン語の分詞と準動詞の違いについてはちんぷんかんぷんで、平行六面体の定義については口ごもるかもしれないけれど、話題が感情のなかのあるひとつ——恋愛のことになれば、自信を持って話した。聞きかじって知っているだけではなかったからだ。自分で経験したものだった。ロザリーはプロポーズされたことがある！

彼女は特に親しい友人たちにくわしいことを内緒で打ち明け、その友人たちが特に親しい友人たちに同じことをして、最後には学園中がロマンチックな過去のすべてを知ることになった。

ロザリーが恋愛において優れていることは、いかにも彼女らしかった。プリシラ・ポンドはバスケットボールに優れ、コニー・ワイルダーは演劇に、ケレン・ハーシーは幾何学に、パティ・ワイアットは――生意気と大胆さで群を抜いているが、ロザリーは恋愛の分野において認められた権威なのだ。誰もロザリーの立場について疑っていなかった。メイ・マーテル・ヴァン・アースデールがやってくるまでは。

メイ・マーテルは学校生活になんとか溶けこむまでもやもやする一カ月を過ごした。人より優れていることに慣れているのは服の分野だったが、彼女と四個のスーツケースが学校に到着すると、うんざりすることに聖アーシュラ学園では服など役立たずだと知った。制服があることで流行についてはどの生徒も横並びになってしまっている。けれども、王座につけそうな分野がもうひとつあった。彼女自身の恋愛経験は、たいていの生徒の精彩を欠く生活にくらべればあざやかだったから、自分こそいちばんだと主張することにした。

十月のある土曜日の夜、六人の少女がロザリーの部屋に集まり、重ねたクッションの上に腰を下ろしてガス灯を小さくともしたところに、まん丸な狩猟月の明かりが窓から射《さ》していた。少女たちは低い声で短調の曲を歌っていたけれど、やがて歌はおしゃべりに変わった。月光と流れる雲に似合うおしゃべりといえば、ロマンチックな話だ。そして自然のなりゆきで、最後にはロザリーの〈大いなる経験〉に行き着いた。乙女らしくはにかみ、何度もうながされてから、彼女はその経緯をまたもや話した。

新入りの少女たちは聞いたことがなく、上級生にとってもいつだって新鮮な話である。

舞台設定は完璧《かんぺき》だ――月光に照らされたビーチ、ひたひたと打ち寄せる波、かさかさと音を立てる松林。ロザリーがどんな小さなことでも話しそびれると、この話をすっかり覚えている聞き手たちが熱心にそれをおぎなう。

「そして彼は話をしているあいだずっと、あなたの手を握っていたのよね」プリシラが話をうながした。

「まあ、ロザリー！　そうなの？」新入りたちが驚いて声を合わせて言う。

「え、ええ。彼はいつの間にか手を握って、離すのを忘れていて、わたしは彼にわざわざそう言うのも変だと思って」

「彼はなんて言ったの？」

「彼はわたしがいなければ生きていけないと言ったのよ」

「それであなたはどう答えたの？」

「本当に申し訳ないけれど、それでも彼は生きていくしかないと言ったの」

「それからなにが起こったの？」

「なにも起こらなかったわ」ロザリーは正直に打ち明けるしかなかった。「プロポーズを受けていればなにか起こったと思うけれど、ことわったから」

「でも、そのときのあなたはとても若かったのよね」エヴァリーナ・スミスがほのめかす。「自分の心が本当にわかっていた？」

ロザリーは悪いことをしたという暗い雰囲気でうなずいた。

「ええ。彼を愛することは、この先もできないとわかっていたの。だって、彼って――ひどく変な鼻をしていたのよ。伸びはじめてから途中で気が変わったように、反対方向に曲がっている鼻で」

聞き手たちはこの詳細については言わなくてよかったのにと思っただろうが、ロザリーは想像力にとぼしく、物語の語り手として抑制を効かせる本能が足りていなかった。

「彼はわたしが考えを変える希望は持てないのかと、たずねたの」彼女は物思いに沈んでつけたした。「この先も彼と結婚するほど愛することはできないけれど、いつでも彼を尊敬しているだろうって答えた」

「そうしたら彼はなんて？」

「だったら生きつづけることができます、と言ったわ」

そこで静まり返り、ロザリーは月を見つめ、ほかの者たちはロザリーを見つめた。きらめく髪とスミレ色の瞳《ひとみ》の彼女は、少女たちのロマンス話の理想の主人公そのものだった。ロザリーをねたむことなど考えておらず、ひたすら驚き、感心していた。彼女が〈ロマンスの女王〉として君臨するのは当然のことだった。

メイ・ヴァン・アースデールはロザリーの話を黙って聞いていたが、最初にこの場にかけられた魔法をといた。彼女は立ちあがって髪をなでつけ、ブラウスのしわを伸ばすと、たしなみを持ってあくびをかみ殺した。

「くだらないわね、ロザリー！　なんでもないことでこんな大騒ぎをするなんて、つまらないバカ娘だこと。おやすみ、お子様たち。もう休むわ」

彼女はぶらりとドアに近づいたが、そこで足をとめてさりげなく爆弾発言をした。

「このわたしは三回プロポーズされたことがあるのよ」

〈ロマンスの女王〉に対するあまりに無礼な物言いに、一同はショックで息をのんだ。新入りから遠慮のない偉そうな態度をとられるなんて許せない。

「なんてひどいおませさんなの、彼女の話なんか一言だって信じないから！」プリシラはきっぱりと言い放ち、打ちひしがれたかわいそうなロザリーにおやすみのキスをした。

このちょっとした対立が緊張の人間関係の始まりとなった。メイは自分の取り巻きを集めたし、ロザリーを特に支持する友人たちは、自分たちの女王はレベルが高いと言ってゆずらなかった。彼女たちはメイの取り巻きに、ロマンスの質がふたりの場合ではぜんぜん違っているのよ、とあてつけた。メイはよくある恋愛ごっこをたくさん経験したヒロインかもしれないけれど、ロザリーはひたむきな情熱に巻きこまれた犠牲者。消し去ることができず、墓場まで持っていくことになる心の傷を負ったのだから。彼女たちは忠誠心に熱が入るあまり、ヒーロー役の鼻が曲がっていることや、ロザリー自身が愛情を抱いてはいなかったと公言している事実に目をつぶった。

けれど、メイは切り札を使わないでとっていた。ほどなくして、秘密の話だとことわった上で噂《うわさ》が広まった。メイはどうしようもないほど恋に悩んでいると。過去の休暇での話ではなく、まさにいま熱烈な恋愛中らしい。ルームメイトは夜中に目を覚まし、メイがひとりで泣きじゃくる声を聞いた。メイは食欲がなかった——テーブルの上を見ればそれは一目瞭然《いちもくりょうぜん》。デザートの最中、しかもアイスクリームの夜であっても、彼女は食べるのを忘れてしまい、スプーンを持ちあげかけたところで、宙を見つめてただ座っているのだった。食事中だと声をかけられると、うしろめたそうに食事を始め、急いで残りの料理を詰めこんだ。敵は薄情にも、メイは食事が終わる前にいつも我に返るから、結局はほかのみんなと同じように食べているじゃないのと指摘した。

聖アーシュラ学園の国語の授業では、昔ながらの手紙の書きかたを毎週たたきこまれる。少女たちは自宅に手紙を書き、学園生活をこまかく描写した。あるいは空想の女友達、おばあちゃん、大学に通う兄弟、幼い妹に手紙を書いた。文学の力が持つ極意――読み手に合わせて作風を変えることを学んでいたのだ。とうとう、花を贈られたつもりになって、架空の若い男性にお礼の手紙をしたためる課題にまでたどり着いた。こうした礼儀正しく、きちんとした手紙のどこか堅苦しくてもったいぶった文章が読みあげられるのを聞いて、メイは上から目線の笑みを浮かべた。クラスの女子たちはあらためてぞくぞくしながら、そんな彼女をこっそりと見つめた。

メイのロマンスのくわしいことが次第に広まっていった。お相手の男性は汽船で出会ったイギリス人で、いつの日かお兄さん（不治の病をわずらっていて、数年の命らしい）が亡《な》くなれば、貴族の肩書きを受け継ぐというが、メイはどの爵位《しゃくい》かは特に話さなかった。しかし、いずれにしてもメイのお父さんは頑固なアメリカ人だ。イギリス人も爵位も大きらいときている。娘を外国人と結婚させるなど言語道断。もしも結婚したら、財産は一ドルも受けとれない。でも、メイもカスバートも彼女の父親の金はどうでもよかった。カスバートには自分の財産がたっぷりある。ちなみに彼の名はカスバート・シンジュン(St.John をこう発音する)。全部で四つ並ぶ名のうち、彼がいちばん使っているのはこのふたつだった。彼はお兄さんが危険な容態となって電報で呼ばれ、いまイギリスにいる。ただ、峠は越えたので、カスバートはまもなくもどってくる。そうなれば——メイはくちびるをぎゅっと結び、ふてぶてしく宙をにらんだ。父は覚悟しなくては！

このように波乱に満ちたリアルなロマンスの前では、ロザリーのあわれでささやかな過去は色あせ、なんでもないものになってしまった。

そんなとき、話がますます盛りあがってきた。メイはアメリカに到着した汽船の乗客名簿を新聞で調べ、彼が上陸したとルームメイトに教えた。彼はメイの父親に、娘さんに手紙は書きませんと約束していたが、メイはどうにかして連絡をくれるとわかっていた。その通りだった！　翌朝、贈り主の名のないスミレの花束が届いたのだ。それまではこの話を疑う者たちもいたけれど、このように見える形で情熱の証《あかし》が登場し、疑いは消え失《う》せた。

メイは日曜日にそのスミレを身につけて教会に向かった。生徒たちのミサの唱和はみっともないくらいバラバラになってしまった。誰もミサに注意を向けるふりさえせず、全員の視線がメイのあごを突きだした顔と上の空のほほえみを見つめていたから。パティ・ワイアットは、メイがわざわざステンドグラスの窓越しに日が射す椅子に座り、うっとりとした目つきでたまに生徒たちの顔をさっと見ては、観客に受けているかどうかをたしかめていたと指摘した。けれども、これはパティのあてこすりと受けとられ、いらだつ生徒たちに却下された。

メイはついに、ロマンスの主演女優の座を手にすることに勝利した。あわれでつまらないロザリーはもう、セリフのある役ではなかった。

生徒たちが夢中になったメイの恋愛話は、それから数週間にわたっていきおいをつけながら注目を浴びつづけた。月曜日の夜に集まる〈ヨーロッパ旅行クラス〉では〝イギリスのカントリーハウス〟が講話のテーマのひとつで、幻灯機（古いスライド映写機）を使って説明された。手前で鹿《しか》が草をかじっている堂々としたテラスハウスのように大きな邸宅が幕に映しだされると、メイはいきなり気絶した。湯たんぽと気付け薬のオーデコロンを持ってきた寮母さんにはなんの説明もしなかったけれど、あとになってから、ルームメイトにあれは彼が生まれた家なのとささやいた。

スミレの花束はあいかわらず土曜日になると届き、メイはますますなにも手につかなくなった。近くにあるハイランド・ホール女子校との、毎年恒例のバスケットボール対抗戦が差し迫っているというのに。聖アーシュラは昨年こてんぱんにされたので、二年連続で負ければ、いつまでも続く不名誉ということになる。ハイランド・ホールの規模はここの三分の一だからだ。キャプテンが熱く語り、やる気のないチームを叱《しか》った。

「メイ・マーテルとあのいやらしいスミレのせいよ！」彼女はむかつきながらパティに不満をこぼした。「メイがチームメイトからすべての闘志を奪っているんだから」

一方、教師たちも学園内の空気がただごとではないと気づいて不安になっていた。グループごとに集まる少女たちはメイ・マーテルが通りかかると、目に見えて興奮している。ラテン語の解釈で高得点が出るはずもない浮ついた雰囲気だ。ついにこの問題は職員たちの会議で取りあげられた。なにがいけないのか、はっきりした情報はなかった。すべてが推測でしかなかったものの、トラブルの原因はあきらかだ。生徒たちは以前にも恋愛話のせいで身が入らなくなったことがある。あれは、はしかのように伝染力が強いのだ。校長としては、こうした雰囲気を一掃するなによりも簡単な方法は、メイ・マーテルに荷造りをさせて四個のスーツケースもろとも自宅に送り返し、愚かな母親にこの件の対処をさせることだと考えつつあった。ロード先生は性格的に、正面からこの問題に取り組みたがった。自分ならこんなたわごとは力ずくでやめさせられます、と。感受性ゆたかなマドモワゼルは、かわいそうなメイが恋に苦しんでいることを心配した。あの子に共感し、機転をきかせることでなんとかできるのではないかしら。しかし、この日の会議に勝ったのはサリー先生のまっすぐな常識だった。聖アーシュラを健全に保つためにどうしてもそれしかなければ、メイ・マーテルは退学にしよう。けれどサリー先生の考えでは、ちょっとした策を講じれば、聖アーシュラの健全もメイ・マーテルもあきらめずにすむはずだった。この問題は自分に任せてほしい。自分なりの方法を使ってみると。

サリー先生は校長の娘で、学園の実務面を手がけていた。食事の手配をして、使用人たちを監督し、広大な八十ヘクタールもの学校農園をらくらくと運営している。馬に蹄鉄《ていてつ》をつけ、干し草を乾燥させ、バターを作るこまごまとした仕事の合間に、必要になればいつでも知恵を貸した。生徒に学問を教えたことはないけれど、規律にしたがわせた。この学校はめずらしい罰が有名で、そのほとんどはサリー先生の発案だった。〝ドラゴンちゃん〟の呼び名は多方面にわたる知性に敬意を表してつけられたものだ。

翌日は火曜で、サリー先生が定期的に農園の見まわりをする日だった。昼食後、乗馬手袋をはめながら一階に下りてくると、もう少しでコニー・ワイルダーとパティ・ワイアットを踏んづけそうになった。彼女たちは腹ばいになって、帽子かけの下にはさまったゴルフボールを取りだそうとしていた。

「ハロー、お嬢さんたち！」先生は陽気に挨拶《あいさつ》した。「農園にちょっとドライブしない？　ウォズワース先生に午後の自習は免除になったと伝えてきて。今夜の〈時事問題〉の授業も欠席になりそうだから、あとで勉強しておくのよ」

ふたりは大はしゃぎで帽子とコートを身につけた。サリー先生とラウンド・ヒル農園を訪れることは、聖アーシュラ学園があたえることのできる最大の楽しみだった。サリー先生は学園の外だと、世界一愉快で、誰よりも気さくな人だったからだ。茶色と黄色に染まる十月の風景を進む、うきうきする馬車での八キロのドライブ。その後、二時間ほど農園をはねまわってから、ミセス・スペンスのキッチンで牛乳とジンジャークッキーをごちそうになった。それから、キャベツと卵とバターのなかに押しこめられるように腰を下ろして、学園にもどりはじめた。おしゃべりが楽しくて話題がつきない。感謝祭の仮装パーティについて、観劇の予定、ハイランド・ホールとの差し迫ったバスケットの試合、日刊紙の社説を生徒たちに読ませるという悲しむべきあたらしい規則についてなどだ。ついに会話が一瞬、間延びしたとき、サリー先生はさりげなく質問をはさんだ。

「ところで、あなたたち。メイ・ヴァン・アースデールはいったいどうしたの？　隅っこでうなだれているし、羽の抜けかわっている鶏みたいにひどい様子よ」

パティとコニーはちらりと顔を見合わせた。

「もちろん」サリー先生は陽気に話を続ける。「なにが問題か、わかりきっているけれどね。だてに十年も寄宿学校にかかわってきたわけじゃないわよ。あのおバカさんは不幸な恋の対象ぶっている。ゴシップを広めるのは好きじゃないけれど、ただの好奇心からきくわね。お相手は教会で献金皿をまわしているあの若者、それとも〈マーシュ&エルキンズ〉の店でリボンを売っている若者？」

「どっちも違います」パティはニカッと笑った。「イギリスの貴族です」

「ええっ？」サリー先生はパティを見つめた。

コニーが説明する。「そしてメイのお父さんはイギリスの貴族が大きらいで、今後メイが彼に会うことを禁じたんです」

「メイは胸が張り裂けそうになっています」パティが悲しそうに言う。「このままだと肺病になってしまいそう」

「それであのスミレは？」と、サリー先生。

「彼は手紙を書かないとお父さんに約束したんですが、スミレを贈ることについてはなにも言われていなかったので」

「うーん、なるほど！」サリー先生は少し考えてからこう言った。「あなたたち、この件はふたりに任せるわ。いまの学園の雰囲気を打ち消してほしいの」

「わたしたちで、ですか？」

「これ以上、学園を混乱させられないけれど、あまりにもつまらない問題だから、教師たちで手を打つほどでもないのよね。生徒たち自身の意見によって、自然と収めるべきことではないかしら。がんばって――学園に常識というしっかりした土台を取りもどす委員会に、あなたたちを任命するわ。あなたたちが他言しないと信頼できることはわかっているから」

「わたしたちに、果たしてなにかできるでしょうか」パティが怪しむように返事をする。

「あなたたちはいつだって、うまいことを思いつくじゃないの」サリー先生はちらりと笑みを浮かべて切り返した。「あなたたちがやりたい方法を選べるわたしからの白紙委任状を持っていると考えていいわよ」

「プリシラには話していいですか？」と、コニー。「彼女には言うしかありません、だってあたしたち三人は――」

「なにをするにもいっしょ？」サリー先生はうなずく。「プリシラには話して、あとは秘密よ」

次の日の午後、マーティンが日々の用事で村に馬車を走らせ、パティとプリシラを花屋で降ろした。教区牧師の奥さんと生まれた赤ちゃんのために、花束を買う役目を学園から言いつかったのだ。店に足を踏み入れたふたりは赤いバラも白いバラもどちらも捨てがたい、という悩みで頭がいっぱいだった。注文を終えてカードにお祝いの言葉を書くと、特にすることもなくマーティンの迎えを待った。カウンター沿いを歩くとふと、貼《は》ってあるメモに目がとまった。そのいちばん上にこう書いてある。〝毎週土曜、聖アーシュラ学園のミス・メイ・ヴァン・アースデールにスミレの花束〟と。

ふたりは足をとめ、一瞬あれっと思ってそれを見つめた。花屋さんはふたりの視線を追った。

「お嬢さんがた、そのスミレを注文した若いレディを知っていなさらんかね？　自分の名前を言い残していかれなかったんで、送りつづけてほしいのかどうか、知りたいんですよ。最初の花束のぶんしか代金をもらってなくてね、品代がどんどん高くなっていましてな」

「いえ、知りませんね」パティはうまいこと関心がないふりをした。「どんな人でしたか？」

「そのレディは——青いコートを着ていましたかな」彼はそう答えた。聖アーシュラの少女たちは六十四人全員が青いコートを着ているから、その描写は役に立たなかった。

「もしかして」パティはかまをかけてみた。「とても背が高くて、ゆたかな濃い金髪の——」

「その人ですよ！」

花屋さんは外見を聞いて自信がある口ぶりで言う。

「メイ本人ね！」プリシラが興奮してささやく。

パティはうなずき、黙っているように合図した。

「その人には伝えておきます」と約束するパティは、プリシラに向けてこう言いたした。「ところで、メイにはわたしたちからも花束を贈るとよさそうね。わたしたちの——秘密の会から。でも、いまは予算がとても少ないから、スミレより安いものにしなくちゃ。ここでいちばん安い花はどれですか？」彼女は花屋さんにたずねた。

「小さなヒマワリの仲間ですね。飾りつけにいいとおっしゃるお客さんがおりますよ。

〈切ってもすぐ伸びる草〉と呼ばれてます。五十セントでたっぷりした花束を作ってあげられますよ。かなり見映えがしますんで」

「それにします！　そのヒマワリの花束をミス・ヴァン・アースデールに届けるよう、お願いします。このカードをつけて」パティは白紙のカードを引き寄せ、美しい左傾斜の文字をしたためた。〝あなたのやるせないC・St.・J.〟

パティはこれを封筒に入れて封をすると、重々しく花屋さんを見つめた。

「あなたはフリーメイソン結社の会員ですか？」ボタンホールの三日月形のシンボルを見てたずねる。

「ええ、まあ」彼は認めた。

「だったら、秘密の誓いというものを理解されてますよね？　わたしたちがこの花を贈ったことは、誰にも話さないでくださいな。たぶん背の高い濃い金髪のレディがここに来て、誰が贈ったのかあなたに口を割らせようとします。ぜんぜん覚えていないことにしてください。男性だったかもしれないぐらいの対応でお願いします。とにかく、なにも知らないということで通してくださいね。聖アーシュラのこの秘密結社は、フリーメイソンよりずっとずっとずっと秘密の存在なんです。存在することだって秘密なくらいで。わかってもらえましたか？」

「わたしは――いいでしょう、お嬢さん」彼はにやりとした。「もしもバレたら」パティは暗い口調でさらにこう告げる。「あなたの命の責任は持てませんから」

パティとプリシラは二十五セントずつ花束の代金を出しあった。

「高くつきそうだな」パティはため息をもらした。「この委員会が活動するあいだは、余分にお小遣いをもらえないかサリー先生にかけあわなくちゃ」

メイが自分の部屋で、特別熱心な支持者たちにかこまれているとき、その花が届いた。彼女はややうろたえながら花の入った箱を受けとった。

「彼は土曜だけじゃなくて水曜にも花を贈ってくれるのね！」ルームメイトが大声をあげた。「だんだん必死になってきているのよ」

興奮のあまり静まり返ったなかでメイは箱を開けた。

「なんてかわいいの！」友人たちは声を合わせて叫んだものの、なんとなくうわべだけで、心がこもっていなかった。真っ赤なバラのほうが素敵だったのに。

メイは一瞬びっくりして、贈り物を見つめた。長いこと演技を続けていたので、この頃には自分でもカスバートが本当にいると信じかけていた。取り巻きが反応を待ちつづけているから、この予想もしなかった危機に向きあう力を奮い起こす。

「ヒマワリにはどんな意味があるのかしらね？」彼女は低い声でたずねた。「なにかのメッセージを伝えたいはずなのよ。誰か花言葉を知らない？」

花言葉を知る者はいなかったが、贈り物が安いヒマワリである理由づけができ、みなの盛りさがった気分が回復した。

「カードがあるわ！」エヴァリーナ・スミスがやたらと多い葉っぱからカードをむしりとる。

メイは自分ひとりで読むからと合図をしたが、これまでいくつもの秘密を気前よく教えてきたから、この注目の瞬間に取り巻きを引き下がらせることはできなかった。みんな、彼女の肩越しに身を乗りだして声に出して読んだ。

「〝あなたのやるせないC・St・J.〟――まあ、メイ。彼、とっても苦しんでいるのよ！」

「かわいそうな人！」

「彼はこれ以上、黙っていられなくなったのね」

「彼は名誉を重んじる人よ」と、メイ。「約束したから本物の手紙は書けないけれど、こういうちょっとしたメッセージなら――」

パティ・ワイアットがドアの前を通りかかり、ぶらりと部屋に入ってきた。メイは弱々しく抵抗したけれど、もちろんカードは読まれてこう言われた。

「この筆跡から、どんな人なのかたくさんのことが伝わるよね」

これはパティからの歩みよりと見なされた。最初からずっとカスバート・シンジュン崇拝とは距離を置いていたからだ。彼女はロザリーの味方である。

それからの日々はメイ・マーテルにとって途方に暮れることばかりだった。最初のヒマワリを受けとった手前、第二のヒマワリをこばむことなどできない。こうなってしまったら、お手上げだ。花に続いてお菓子や本がびっくりするくらい、たくさん届けられた。お菓子はパティが十セントストアで見つけた安物の詰め合わせで、中身のお菓子は地味なのに、それを入れた箱だけがごてごてと飾り立ててあり、いくつものキューピッドやバラが派手にちりばめてあった。どの贈り物にも同じ左傾斜のメッセージが添えられ、ときには頭文字だけ、あるときはカスバートの愛称で〝バーティー〟とだけ書かれていた。これまでこの手の贈り物が先生たちに疑われることもなく、すぐ生徒に届けられることはなかった。手配していたのはサリー先生だ。包みをちらりと見ると、〝許可〟と走り書きをして、これをメイドがこれ以上ないくらいばつの悪いタイミングを選んで届けるのだ。いつもメイ・マーテルが取り巻きにかこまれているときに。

メイの愛《いと》しいイギリス人はほんの数日で、ロマンスの登場人物から学園のジョークになりさがった。彼の文学の趣味はお菓子の趣味と同じようにぜんぜんだめだった。その好みはキッチンのメイドさんたちが読むものとされる本で、『傷ついた愛』、『生まれながらの男たらし』、『純情なオレンジの花にまぎれたトゲ』といったものだった。かわいそうなメイはこうした贈り物をこばんだが、むだだった。カスバートの存在を信じ切っていた生徒たちは、彼のイギリス人らしい気まぐれからできるだけ楽しみを引きだそうと心に決めた。メイの人生は小包を手にしたメイドが現れはしないかと、びくびくしながら過ごす長くつらいものになってしまった。がまんの限界を超えたのは、通俗作家とされるマリー・コレリの全集が新聞紙に包まれて届けられたときだ。

「彼――彼はこんなの贈ってこないから！」彼女は泣きじゃくった。「誰かが、からかおうとしているだけよ」

「メイ、気にしないで。アメリカの男性なら選びはしないもの、というだけだから」パティは慰めようとした。「イギリス人は変わった趣味をしてるってわかってるよね。特に本については。あの国ではみんなマリー・コレリを読んでるもの」

次の土曜日、生徒の一行は買い物とマチネー観劇のために街へ向かった。ほかの用事にくわえて、美術クラスの者たちは各種写真を扱う店を訪れた。初期イタリア・ルネサンスの巨匠たちの作品の写真を買うためだ。パティはジョットや同じような画家にあまり関心がなく、店をぶらぶらと見てまわった。男優や女優の写真が積まれた山をたまたま見つけ、目を輝かせて、有名ではない主演男優の大きな写真を選びだした。口ひげの先がカールし、あごにえくぼがあって、大きくて訴えかけるような目をした人物だ。狩猟の衣装を身につけて乗馬鞭《むち》が目立つポーズを取っている。この写真は二十世紀のロマンスにぴったりだった。なにより完璧なのは、ロンドンで撮影のしるしが入っていること！

パティは、フラ・アンジェリコの写真を買おうかと考えこんでいた委員会のほかのふたりをそっと脇《わき》に呼び、三人で額を寄せ合ってこの発見を見つめてよろこんだ。

「完璧だよ！」コニーがため息をつく。「でも、一ドル五十セントもする」

「わたしたち、このままずっとソーダ水をがまんしないといけないかもね！」と、プリシラ。

「たしかに高いな」パティも同意する。写真の訴えかけてくるうるんだ目をまたじっくり見つめた。「でも、お金を払うだけの価値はあるはずよ」

それぞれ五十セントずつ出しあって、写真は彼女たちのものとなった。

パティはいつものくっきりとした左傾斜の字で（メイが見るのもいやになっていた

字)、表に心のこもったメッセージをフランス語でしたためると、〝カスバート・シンジュン〟と省略せずにサインした。平凡な封筒にこれを入れ、少しふしぎがる店員に今度の水曜日の朝に郵便で送りだしてほしいと頼んだ。記念日の贈り物だから、その日より前に届けてもらってはだめなのだと説明した。

写真は五時の配達で届けられ、ちょうど少女たちが午後の自習を終えて教室からぞろぞろと廊下に出たとき、メイに渡された。彼女はむくれて黙ったままこれを受けとり、自分の部屋にもどった。六人ほどのいちばん仲のいい友人たちがついてきた。メイは取り巻きを集めるためにそれは苦労してきたから、いまさら追い払えない。

「開けてよ、メイ、早く!」

「なんだと思う?」

「花でもお菓子でもないわね。彼はあたらしいことを考えたのよ」

「こんなの知るもんですか!」メイは包みを荒々しく、くずかごに投げ入れた。

アイリーン・マカルーがこれを取りだして包装のひもを切った。

「まあ、メイ、彼の写真よ!」アイリーンは歓声をあげた。「それにとてもハンサム!」

「こんな目は見たことがないわ!」

「口ひげは自分でカールしているの、それとも自然のもの？」

「どうしてあごにえくぼがあるって、教えてくれなかったのよ？」

「彼はいつもこういった服を着ているの？」

メイは好奇心もあったし、かんかんになってもいた。写真をひったくるとうるんだ茶色の目をちらりと見てから、ひっくり返して顔を下に向けてからタンスの抽斗《ひきだし》に入れた。

「二度と彼の名前をわたしに言わないで！」そう命令し、くちびるをぎゅっとつぐみ、夕食の身支度で髪にブラシをかけはじめた。

その週の金曜日の午後——村での買い物の日——パティとコニーとプリシラは代金の支払いのために花屋に立ち寄った。

「ヒマワリの花束がふたつで、一ドルですね」花屋さんが店の奥から響き渡るような声で言ったそのとき、三人の背後から足音がして、振り返るとメイ・マーテル・ヴァン・アースデールがいた。同じく支払いをするつもりだったのだ。

「まあ！」メイは激しい口調で言う。「あなたたち三人だって、どうしてわからなかったのかしら」

メイは黙ってちらりと彼女たちを見つめてから、丸太の椅子にがっくりと座ってカウンターで頭を抱えた。最近は泣いてばかりだったが、ここでも勝手に涙があふれてくる。

メイはめそめそと泣いた。「たぶん、学校の人たちみんなに話すんでしょう。きっとみんな、わたしのことを笑って、そして――」

三人はちっとも動じない目でメイを見つめた。少し泣かれたくらいで、同情するつもりはない。

「あなた、ロザリーがなんでもないことでこんな大騒ぎをするなんて、つまらないバカ娘だって言ったのよ」プリシラは忘れていない。

「彼はちゃんと本物の男性だったし」と、パティ。「いくら鼻が曲がっていてもね」

「まだ彼女がつまらないバカ娘だと思っているわけ？」コニーがたずねる。

「い、いいえ！」

「自分のほうがよっぽどバカ娘だと思わない？」

「え――ええ」

「じゃあ、ロザリーに謝るわね？」

「いやよ！」

「とても愉快なことになるだろうな」パティが思いめぐらす。「わたしたちが、どんなふうに話を広めるか考えたら」

「あなたたちって本当にひどい！」

「ロザリーに謝るわね？」プリシラがもう一度たずねた。

「ええ——あなたたちが話さないと約束してくれるなら」

「約束するけれど、条件がひとつ。カスバート・シンジュンとの婚約は破棄して、二度とその話はしないこと」

カスバートは翌週の木曜日にオセアニック号でイギリスに渡った。聖アーシュラ学園はバスケットボール対抗戦のことでもちきりとなり、学園の雰囲気からロマンス熱はすっきりと消えたのだった。

3

ラテン語ストライキ

「金曜午後の〈女性の権利〉にはうんざり」パティはぷりぷりしながら言う。「ソーダ水のほうがいいのに！」

「講演会でわたしたちのお休みが取りあげられるのは、これで三回目よ」プリシラが不満をこぼし、パティの肩越しに、ロード先生の垂直で丸みのある図書館体（十九世紀、目録の読みやすさのために考案された）の字で書かれた掲示板のお知らせを見つめた。

その日の午後、全校生徒はいつものように村へ買い物に出かけるかわりに、ありがたくもコロンビア大学のマクヴィー教授のお話を聞くことになったというお知らせだ。テーマは女性洗濯労働者のストライキについて。講演会のあとは応接間で教授にお茶がふるまわれ、招待主としての接待当番はメイ・ヴァン・アーステール、ハリエット・グラッデン、パティ・ワイアットとなっている。

「わたしの当番じゃないはずよ！」パティは最後の部分に気づいて文句を言った。「二週間前に接待係をやったのに」

「あなたが〈八時間労働制〉について小論文を書いたからよ。ローディはあなたが教授に頭のいい質問をしてくれると思ってるのね。聖アーシュラ学園はうわべのたしなみだけを教える寄宿学校じゃなく、現実の社会問題を教える学校だって、教授に見せつけたいんだわ」

「どうしても買い物に行きたかったのに！」パティは嘆く。「あたらしい靴ひもがいるの。この一週間、毎日、切れた古いひもでなんとか結び目を作ってきたんだから」

「先生が来た」プリシラがささやく。「うれしそうな顔をしなさいよ、そうしないと授業で全部を訳せと言われるから——おはようございます、ロード先生！　たったいま、講演会に気づいたところなんです。とても興味深いです」

ふたりは作り笑いをしてから、教師に続いて午前中のラテン語の授業に向かった。ロード先生は聖アーシュラ学園のなかでも、現代的な意見を主張する人だ。女性参政権運動、労働組合、ボイコット、ストライキを信じていた。自分があずかる若い生徒たちに同じように進んだ考えを持ってもらおうと、とてもがんばっている。けれども、なかなかうまくいっていなかった。まだ若い生徒たちは二十一歳というばくぜんとした将来に参政権を受けとるなんてどうでもよく、いま現在の半日のお休みのほうがずっと大切だったからだ。金曜日の午後には、いつもならば学園の銀行からお小遣いを引きだすことを許され、行列を作って先生が先頭と最後について、村のいろんな店へと行進した。そこで生徒たちは毎週入り用なヘアリボンやコダックのフィルムを手に入れたり、ソーダ水を楽しんだりした。罰点がかさんで罰金のためにお小遣いがゼロになってしまった生徒でさえも村には行進し、しあわせな友人たちがお金を使うのをながめた。週に六日、学園に閉じこめられている単調さを打ち破ってくれるからだ。

けれど、どんな悪い状況にもいい面がある。

ロード先生はその朝、ウェルギリウスを訳したものを読ませる前に、来《きた》るべき講演会についてディスカッションをおこなった。テーマである洗濯労働者のストライキは、産業史において画期的な出来事だったのですよ。女性も、男性と同じように共に立ちあがることができると証明したのです。労働者の団結こそ、わたしの生徒たちにわかってほしい点なのです、と。彼女の生徒たちはまじめに耳を傾けた。先生が話をやめそうになるとすかさず熱心に質問し、一時間のラテン語の授業の四分の三をつぶすことに成功したのだ。

教授はヴァン・ダイクひげ（口ひげと下あごにあるひげ）の温和な男性で、雇用主と雇用者の関係についてあますところなく講演をおこなった。聞き手たちは礼儀正しく理解したようにほほえみを浮かべて聞いていたけれど、頭のなかでは静かにほかのことを考えていた。資本と労働という大きな問題は、午後のお休みをうしなったことや、明日の国語のために書かなくてはならない小論文、しかも今日はアイスクリームの夜で、そのあとにはダンスの授業があることにくらべたら、半分も重要じゃない。けれどパティは最前列に腰かけ、教授の顔から大きく真剣な目をそらすことがなかった。教授の主張をしっかりと頭に入れ、いつか使えるようにためこんでいた。

予定通り、その後はお茶会だった。選ばれた三人は、長いこと招待主を務めてきたような器用さでお客様を迎えた。自分たちのふるまいが先生たちに観察されてのちに採点されるとわかっていても、見たところぎこちない態度になることもない。もっと広い世界で必要になる社交術を、実験室でこうして学んでいるようなものだ。ハリエットとメイはお茶まわりの仕事を受け持ち、一方パティは教授との会話に専念した。あとで教授はロード先生に、生徒たちはめずらしいことに経済学の話題について理解していると言ってくれた。

ロード先生は生徒たちに自分で考えさせるよう努力しているのだと、少し謙遜《けんそん》しながら答えた。社会学は暗記することのできない分野です。生徒たちはそれぞれが自分で結論を導き、それにしたがって行動しなければなりませんので。

午後にぐったりと疲れた聖アーシュラ学園の生徒たちの心を、アイスクリームとダンスがほぐした。九時三十分に――ダンスの夜は十時になるまで眠りにつかない――パティとプリシラは片膝《かたひざ》を引いてお辞儀し、寝る前の挨拶《あいさつ》をして、礼儀正しく「おやすみなさい《ボン・ソワール》、マドモワゼル」とつぶやくと、すばしこく二階にあがった。まだぜんぜん眠くない。寄宿学校のお行儀のいい女子のように大急ぎで寝る支度をするかわりに、習いたてのスペインダンスのステップを練習しながら〈南部回廊〉をはしまで進み、くるりとつま先で回転してロザリー・パットンの部屋の前にやってきた。

ロザリーは淡い青のふわふわした舞踏服のまま、カウチに足を組んで座っていた。ブロンドのカールが落ちかかるほど身を乗りだし、広げたウェルギリウスの教科書のページを見つめ、読んでいる文章に涙が一定の間をあけて、ぽたぽたと悲しそうにこぼれている。

ロザリーの上級ラテン語における勉強の進み具合は、涙でぶよぶよになったページを見れば想像がつく。彼女は愛らしく、抱きしめて守ってやりたくなるようなきゃしゃな少女で、最上級生にしてはひどく幼かったが、どうしても放っておけない魅力がある。みんなが彼女のことをいじり、守り、愛した。人並みはずれて女っぽいはかなさで、初めて出会う男性をまいらせてしまうべく生まれついている。ロザリーはラテン語の文法に集中しなければならないときでも、動名詞と動詞状形容詞のかわりにほほえみとキスのしあわせな将来を夢見てばかりいた。

「この子ったら、なにしてるの！」パティは叫んだ。「金曜の夜なのに、どうしてラテン語の勉強なんか？」

彼女はロザリーの右にどさりと座り、教科書を奪った。

「やるしかない」ロザリーは泣きじゃくる。「いまから始めないと終わらないもの。ぜんぜん意味がわからないのよ。二時間で八十行なんか無理。ロード先生はいつも最後のところをわたしに当てるの。わたしが最後までできないって知ってるから」

「だったら、最後から始めて、さかのぼれば？」パティは現実的なアドバイスをした。

「でも、そんなの正しくないし、みんなみたいに早くやれないから。毎日ラテン語は二時間以上やっているのに、どうしても最後まで終わらないの。きっと落第する」

「八十行は多いよね」パティは賛成する。

「あなたには簡単だけど。単語を全部覚えているんですもの。でも――」

プリシラが言う。「わたしも昨日はラテン語を二時間以上、勉強したわ。でも、二時間も割いてはいられないのよ。幾何学をやる時間もいるんだから」

「わたしにはとにかく無理！」ロザリーはわっと泣く。「ロード先生はわたしがパティと同じようにできないから、頭が悪いって思っているし」

コニー・ワイルダーがふらりとやってきた。

「なんの騒ぎ？」そうたずね、ロザリーの涙のすじがついた顔を見つめた。「枕《まくら》に顔をあてて泣いて、お嬢ちゃん。ドレスが台なしになっちゃう」

ラテン語の状況が説明された。

「うん、ローディの要求はきつすぎるよ！　持ち時間を全部、ラテン語と社会学の勉強にあてろって言っているようなものだよね。あの先生は――」

「ダンスやフランス語やお作法は、ちっとも大切じゃないって思ってる」ロザリーは大泣きしながら、自分が得意な三つの科目をあげた。「そっちのほうが、ラテン語の仮定法よりずっと役に立ちそうなのに。そういうのなら実際に使えるけれど、社会学とラテン語は使えないじゃない」

パティはちらりと考えこんで、ひらめいた。

「ラテン語はたいして使えないな」賛成する。「でも、社会学ならなにかやれそう。ロード先生は社会学を日々の問題に応用しなさいって話してたよね」

ロザリーはなにを言いだすのと、いやそうに手で払いのける仕草をする。

「聞いて！」パティは強い口調で言ってから、さっと立ちあがり、熱にうかされたように行ったり来たりした。「いいことを思いついたの！　本当なんだから。ウェルギリウスを八十行も訳すのは誰にとっても負担よ。特にロザリーには。でね、教授のお話を聞いたでしょう。いちばん強い人に合わせて、一日の労働時間を決めるのは公平じゃないって。いちばん弱い人に合わせて決めるべきで、そうしないと弱い人は取り残されてしまう。ローディが労働者の団結についていつも話してるのは、そういう意味よ。どんな職業でも、労働者たちは共に立ちあがることができるの。いちばん強い人がいちばん弱い人を守らないとだめ。ロザリーの力になるのはクラスのほかの人たちの義務っていうことよ」

「そうね。でも、どうやって？」プリシラがパティの長い話に割りこんでたずねた。

「ウェルギリウス組合を結成して、一日六十行にするストライキをやるの」

「まあ！」ロザリーは大胆な提案にびくついて息をのむ。

「やろう！」コニーは乗り気で叫んだ。

「やれると思う？」プリシラは怪しむようにたずねる。

「ロード先生はなんて言うかしら」ロザリーはガタガタと震えた。

「なにも言えないよ。先生は講演会を聞いて、その教えを応用しなさいって話してたじゃない？」パティが思いださせる。

「あたしたちが応用したと知ったら、先生も大よろこびだよ」と、コニー。

「でも、先生が妥協してくれなかったら？」

「初級のキケロと中級のカエサルのクラスにも、同情ストライキを呼びかけるのはどう」

「いいね！」コニーが叫ぶ。

「ローディは労働組合を信じているものね」プリシラは結論を下した。「正当なことだってわかるはず」

「もちろん、わかってくれるよ」パティは言う。「わたしたちは講演会のテーマだった洗濯労働者とそっくり。したがう立場にあって、雇い主の力に対抗するただひとつの方法は、共に立ちあがることよ。ロザリーだけが六十行しかできなかったらこの子は落第してしまう。でも、クラス全員が同じなら、ローディは妥協するしかないはず」

「たぶんね、クラス全員は組合に参加したがらないわよ」と、プリシラ。

「わたしたちで参加させるの！」パティはロード先生の生徒たちに対する要求通り、団結の精神に必要なことをいくらか理解していた。

「急がなくちゃ」パティは時計をちらりと見てつけくわえた。「プリス、あなたはひとっ走りしてアイリーン、ハリエット、フローレンス・ヒソップを見つけてきて。コニー、あなたはナンシー・リーを連れてきて。あの人はエヴァリーナ・スミスの部屋で幽霊話をしてるから。さあ、ロザリー。泣くのはやめて、人が座れるように椅子《いす》に置いてるものをどかして」

プリシラは言われるままに部屋をあとにしようとしたが、ドアのところで立ちどまった。

「それで、あなたはなにをするの？」ふと思ったらしく、そうたずねた。

「わたしは労働者のリーダーになるね」

集会が催され、自薦で議長になったパティはウェルギリウス組合の目的についてざっと説明した。一日の宿題は六十行とすること。月曜日の午前中の授業で、クラスの者はロード先生にこの問題について説明し、礼儀正しくも断固として、宿題に出された最後の二十行の読みあげを拒否すること。ロード先生がゆずらないとわかれば、全員が教科書を閉じてストライキに入る。

クラスの大半はパティの話術に引きこまれ、ぼうっとなったまま計画を受け入れた。けれど、ロザリーは組合が結成されて特に恩恵を受ける人なのだが、要求を書いた紙にサインするまでになだめすかされることになった。たっぷりした議論がおこなわれてようやく、ロザリーはかなり震える字でサインし、涙で捺印《なついん》した。ロザリーは戦うタイプじゃなかった。もっと穏やかな方法で、自分の権利を手に入れるほうがよかったのだ。

アイリーン・マカルーも説得が必要だった。用心深いたちで、結果がどうなるかよくよく考える人だ。聖アーシュラ学園の罰としてかなり多いのが、デザート抜きというものだ。アイリーンはこの手の罰がひどくこたえるから、自分がそんな目にあいそうなおこないを警戒して避けている。しかし、コニーが有無を言わさない主張をした。メイドに頼んでチョコレートをこっそり持ちこむのが習慣になっていることをばらすとおどしたのだ。あわれにも悩めるアイリーンは、規則違反でチョコレートもデザートも二重にうしないそうになって、むくれながらサインした。

消灯の鐘が鳴った。ウェルギリウス組合は最初の集会をそこまでとして、眠りについた。

上級ラテン語は午前中最後の授業で、誰もが疲れてお腹《なか》をすかせる時間だ。組合が結成された翌週の月曜日、ウェルギリウスのクラスの者たちはドアの外に集まり、不安を募らせていた。いよいよ実際の戦いの時が近づいている。パティは短いスピーチでみんなを勇気づけた。

「踏んばって、ロザリー！　泣きださないで。最後の二十行があなたに当てられても、わたしたちがついてるから。それにお願いだからみんな、そんなに怖がる顔をしないでほしいな。これは自分たちのためだけじゃなくて、これからあとに何年も続く、ウエルギリウスのクラスのためにがんばることを忘れないで。ここで引き下がる人は臆《おく》病者《びょうもの》だから！」

パティは最前列のまさに攻撃を受けやすい席に腰を下ろし、最初からちょっとした衝突が起こった。どしりとした黒い散歩用編み上げ靴は、水色のリボンで結ばれていることがかなり目立ち、敵の目を引いた。

「それはとてもレディが使うような靴ひもではありませんね。どういうことですか、パティ？」

「ほかの靴ひもは切れてしまったんです」パティはほがらかに説明する。「金曜に買い物に行かなかったので、あたらしいものが手に入りませんでした。わたしもこの配色は気に入ってません」そう締めくくると、片足を突きだしてじろじろとながめた。

「授業が終わったらすぐ、黒いひもがないか探すように」ロード先生はとげとげしい口調で言った。「プリシラ、最初の十行を読んでください」

授業はいつものように進んだが、読みあげが終わって、次の名前が呼ばれるのを待つたび、見るからに緊張が走った。コニーが六十行目を読み終える。みんなそれ以上は予習していないから、その先は誰も足を踏み入れたことのないジャングルだった。いまこそ、組合が主張を宣言するときだ。その重荷は虫の知らせ通り、ぶるぶる震えるかわいそうなロザリーにのしかかった。

ロザリーは待ち構えるパティの決意に満ちた表情にすがるような視線を送り、口ごもり、ためらったが、宣言などできず、下読みなしのぶっつけ本番でしどろもどろに翻訳を始めた。ちっとも意味があっていなかった。辞書を使ってがまん強く二時間勉強しても、ロザリーにはわからない部分がたくさんあるのだ。そんな彼女は見当もつかないままに文章をこしらえ、しーんと静まり返ったなかで、りっぱな主人公であるトロイの英雄アイネイアスに奇抜すぎる行動をいくつもさせた。あてられた範囲を終えると、人格をズタズタにするようなお説教が始まった。ロード先生はロザリーのことを頭から追いだすまでに三分間も使った。そして同じ十行をアイリーン・マカルーに当てた。

アイリーンは深呼吸をした。コニーがはげますように背中をポンとたたいたし、両隣のパティとプリシラがさあさあとしつこく肘《ひじ》でつついてきた。一夜漬けで覚えさせられた組合の目的を宣言しようと口をひらく。そこで、ロード先生の冷たくきらりと光る目と、目が合った。ロザリーの泣きじゃくる声が教室を満たす。それで、くじけてしまった。ラテン語はかなりできるほうだ。彼女のぶっつけ本番の翻訳は少なくとも意味は通じた。ロード先生のコメントもただ皮肉なだけだった。続いて先生はフローレンス・ヒソップを当てた。この頃にはもう、生徒たちはすっかり臆病風に吹かれていた。フローレンスは固い誓いを守りたかったけれど、自分を守りたい本能が勝った。アイリーンが訳したところを、もっとうまく訳した。

「次の十行はパティ。かすかに漂う感覚を引きだして反映するように心がけて。わたしたちが読んでいるのは詩だということを、忘れないでくださいね」

パティは頭をあげ、キリスト教の殉教者のような態度で先生に顔を向けた。

「最初の六十行しか予習してきませんでした、ロード先生」

「わたしがあたえた宿題をどうして終わらせなかったの?」ロード先生は鋭い口調でたずねる。

「わたしたちは一日に八十行というのが、こなせる限界を超えていると判断したんです。ほかの勉強をする時間が奪われすぎます。六十行なら熱心にしっかりとやりますが、それ以上は考えられません」

ロード先生は一瞬、パティを見つめるだけだった。こんなにたちの悪い反抗にあったのは初めてだ。これはただ宿題ができないという話ではなく、反抗でしかなかった。パティはこのクラスで誰よりも勉強ができる生徒なのだから。

「どういう意味ですか？」ロード先生はようやくあえぐように声を出した。

「わたしたちはウェルギリウス組合を結成しました」パティがいたってまじめに説明する。「ロード先生だったらほかの先生たちよりも、わたしたちの要求は公平だって、わかってくださるはずです。先生は組合というものを信じてらっしゃいますから。いまのクラスの子たちが感じていることは自分たちが働きすぎで、お給料が安――いえ、その、つまり宿題が長すぎるということです」

パティは深呼吸をしてから、また話を始めた。

「一日に八十行だと、休む時間がまったく残らないので、わたしたちは力を合わせて自分たちの権利を要求することにしたんです。わたしたちはベテランの労働者と同じ立場にあります。先生は中級のカエサルと初級ラテン語のクラスならば、どの子でも頼めますが、ウェルギリウスを読むのはわたしたちしか見つかりません。洗濯業と同じことです。わたしたちは平凡な煮沸《しゃふつ》洗濯係や糊《のり》づけ係じゃありません。技術のいるアイロン係です。先生がウェルギリウスの授業をしたかったら、わたしたちが必要になるはずです。スト破りを助けに呼ぶことはできません。でも、自分たちが優れた力を持っているから、つけこもうとしてるんじゃないんです。正当な量の毎日の宿題はよろこんでやりたいのですが、受け入れることはできないんです、その――ええと――」

パティは言葉を探して少しだけ口ごもったが、ついに大よろこびでぴったりなことを言った。「搾取《さくしゅ》されるのは。ひとりひとりでは、わたしたちは先生に言い返せませんが、いっしょならば、わたしたちなりの条件をお願いすることができるんです。このクラスの二、三人が先生の定めた勉強のペースについていけるからって、残りの生徒たちが働きすぎになるのを許す理由にはなりません。おたがいに立ちあがり、雇用主からの権利の侵害に対抗するのは、わたしたちの義務です。わたしたち女性は男性ほど進歩できていません。でも、学んでいるところなんです。労働者の団結にロザリーの人生がかかっています。先生がわたしたちの要求を拒否されるならば、ウェルギリウスのクラスはストライキに入るしかなくなります」

パティは最後の条件を突きつけると、腕組みをして椅子にもたれた。

沈黙がほんの一瞬、広がった。そこでロード先生は口をひらいた。クラスの者たちは、さあ嵐《あらし》が来るぞと、どうしようもないみじめな恐怖におちいった。ロード先生の氷のような皮肉は、きびしくなると炎のきらめきで照らされる。先生はそもそもアイルランド人のご先祖がいる赤毛の気性が激しい人だ。パティだけが頭をまっすぐにあげ、へこたれない目をして話を聞いた。人のために犠牲になる殉教者として、決意の赤い血潮が頬を染める。パティは大きな目的のために戦っていた。すぐ近くでくすんくすんと泣いている弱くて無力なロザリーを救わなければ。仲間たちの腰抜けぶりが恥ずかしい。ひとりでも戦って勝ってやるんだから。

ロード先生はようやく一息いれた。

「授業はここまで。パティは教室に残って、最後の二十行をきっちり訳すこと。昼食後に読みあげを聞きます」

少女たちは立ちあがり、押し合いへしあいしながら廊下に急いだ。パティは誰もいない教室をぐるりと振り返った。ドアのところで視線をとめ、肩越しに軽蔑《けいべつ》の言葉を投げつける。

「スト破り！」

昼食の鐘が鳴った。パティはからっぽの教室で机につき、女の子たちが笑っておしゃべりしながら、錫張《すずば》りの裏階段を騒々しく下りてきて食堂に向かう音を聞いた。とても疲れているし、お腹もぺこぺこだ。朝食のあとに五時間授業を受け、十一時に牛乳をコップに一杯飲んだだけ。信念をつらぬいて罰を受けているというすがすがしい気持ちがあっても、空腹のつらさをすっかり忘れてしまうなんてできない。やる気の出ないまま、明日のフランス史の予習を始めた。パティと同じような殉教者をあつかった部分だった。十字軍の遠征に出た聖王ルイ九世は、病死してアンティオキアの野原で骨となった。目的は違っていても、心意気は変わらない。残り二十行を訳すまで食事をもらえないというのなら——いいですよーだ——聖アーシュラ学園の教室で骨となろう。

窓をしつこくコツコツとたたく音がした。ちらりと見ると、執事である日本人のオサキが配膳室《はいぜんしつ》の窓から大きく身を乗りだし、パティのほうに七面鳥の厚切り肉をひとつのせたお皿を差しだしている。

「皿はくずかごに入れておくんだよ」彼はしゃがれた声でささやいた。

パティは一瞬、威厳と殉教魂を守ろうかと悩んだけれど、腹ぺこと秘密の陰謀好きなところが勝った。忍び足でそちらに近づき、捧《ささ》げ物を受けとる。ナイフもフォークもなかったが、本当に飢えていると原始的な食べかたで問題なし。七面鳥をぺろりとたいらげると、代数の計算用紙がどっさり捨ててあるくずかごの奥深くにお皿を押しこんだ。くずかごをからにするのはオオサキの日課だ。お皿はそのときに回収してもらえる。

そのすぐあとに、小走りの足音がドアのあたりで聞こえ、小柄な下級生がパティの隣に飛んできた。その子はうしろを気にしながら振り返り、ふくらんだブラウスからバターロールをふたつ取りだした。

「急いで受けとってください！」彼女は息があがっている。「早くもどらないといけないんです。そうしないと、怪しまれちゃう。ハンカチを忘れたと言って席をはずしてきたので。がんばってください。わたしたち、あなたをひもじくさせません。りっぱです！」

彼女はパティの膝にバターロールを押しつけて姿を消した。

パティは学園の人たちが味方だと知って元気になってきた。信念のために苦しむことも、見てくれる人がいると知ればモチベーションがあがる。それにバターロールは七面鳥にくわえてありがたい捧げ物だった。五時間ぶんの空腹はまだおさまっていなかったから。パンをひとつ食べ、もうひとつに手を伸ばそうとしたところで、背後からこっそり近づく足音が響き、メイドのひとりがパティの肩越しに紙皿をすっと差しだした。

「焼きたてのジンジャーブレッドですよ、パティさん。料理人の話では――」

ドアの閉まる音でメイドはびっくりして、泥棒が見つかったみたいにあわてて去っていった。

パティは第二のバターロールを七面鳥のお皿のくずかごに入れ、ジンジャーブレッドを食べようとしたところで、いちばんはしっこの窓をよじのぼる音がした。青い帽子が窓の下枠からちらりとのぞき、帽子の主がその下から伸びあがり、誰のものかわからない手がオレンジをひとつ、中央の通路に転がした。パティは転がるオレンジを急いで途中でキャッチすると、それもくずかごに入れた。昼食時間はもう終わるから、ロード先生がいまにもやってくるはず。ひっきりなしの差し入れがこまりものになってきた。

食堂からあふれだす女の子たちのにぎやかなおしゃべりが聞こえてきた。同情してくれる子たちが、うしろのひらいたドアからこちらを見ているのがわかる。足音が絶えないことから、聖アーシュラ学園の全員がこの教室のドアの前を通る用事を作ったようだ。パティはちらりとも振り返ることはなく、肩に力をこめて宙を見つめた。やがて、頭の上でガタゴトと音がした。驚いて見あげると、天井の通風口の柵《さく》からアイリーン・マカルーの心配そうな顔がのぞいていた。

「チョコレートがあれば何日か生きていけるから」大きめのささやき声が聞こえる。

「二百グラムしかなくて本当にごめんなさい。ゆうべ、残りは全部食べてしまったの」

通風口の柵がはずされ、ひもの先に結ばれた箱がすばやく下りてきた。でも、アイリーンはスト破りの親分だ。

「それはどうも、アイリーン」パティは気取った大きめのささやき声で返事をした。

「あなたからはなにも、もらいたくな――」

ロード先生の声が廊下からする。

「お若いレディのみなさん、午後のレクリエーションは外で過ごすことになっているのでは？」

パティがなんとか箱をひったくって膝に落とし、ひらいた教科書をのせたところで、ロード先生が教室に入ってきた。パティは苦労しながら冷静な表情を作り、前をにらんだ。アイリーンったら、二メートル以上もぶらさがっているひもを引きもどすだけの分別があればよかったのに。ロード先生のうしろにオオサキも続き、なにも塗っていないパンを二切れと水を一杯のせたトレイを運んでいた。

「残りの二十行は訳しおえましたか、パティ？」

「いいえ、ロード先生」

「どうしてですか？」

「午後の自習時間に明日の授業のぶんの宿題をするつもりです」

パティの口調は敬意をこめたものだったが、言いたいことはあきらかだった。〝明日〟という言葉を少し強めに話していた。

「すぐに今日のぶんの二十行をやりなさい」

パティの沈黙は雄弁だった。

「聞こえていますか？」

「はい、ロード先生」

「で？」その一言はふれると切れそうなくらい鋭かった。

パティは答えた。「自分の信念を守ります。わたしはスト破りではありません」

「二十行が終わるまで、ここに座っていることになりますよ」

「結構です、ロード先生」

「あなたを飢えさせるつもりはありません。ここにパンと水があります」

先生はトレイを置くよう、オオサキに合図した。

パティは手を振ってことわった。

「わたしは罪人じゃありません」威厳を持ってそう言う。「ちゃんと食堂のテーブルでお食事をもらえるまで、食べるのはおことわりします」

オオサキは東洋人らしい落ち着きを見せていたが、一瞬だけ、ぷっと吹きだしそうになった。ロード先生は隣の机にトレイを置かせ、オオサキと教室をあとにした。

レクリエーションと午後の自習のあいだずっと、パティは机について、すぐそばのパンは見せつけるように、手をつけていなかった。やがて五時の鐘が鳴り、少女たちはどっと教室をあとにすると、散らばってさまざまにしたいことをした。午後の自習と夕食の身支度合図の鐘のあいだ、一日のうちこの一時間は生徒たちが完全に自由に過ごせる。パティは生徒たちが裏階段をはしゃいで駆けあがり、廊下を走っていく音を聞いた。キッド・マッコイが頭上の〈パラダイス横町〉で枕合戦を指揮している。仲良しグループがいくつも楽しそうに呼び合い、笑いながら教室を通りすぎていく。

レッド・ペッパーとタバスコという乗馬用の馬二頭に鞍《くら》がつけられ、厩舎《きゅうしゃ》から連れだされた。少女たちが交替で運動場のまわりを早駆けし、マーティンが曲馬団の団長のように鞭《むち》をふるい、馬たちを走らせている。いまではリューマチで腰が曲がっているけれど、はるか昔のむちゃばかりする若者だった頃はカウボーイだった。それで少女たちに乗馬を教えるときは、骨折の心配などぜんぜんしないので、冒険好きな体育の先生でさえもびくびくしている。パティはマーティンの一番弟子だ。レッド・ペッパーの背に毛布を一枚敷いただけで乗ることができる。みんなが楽しむためだけに馬に鞍をつけるのは、マーティンが機嫌のいいとてもめずらしい機会にかぎられていた。パティが閉じこめられているというのに、親友のプリシラとコニーがはしゃいでいる姿を見て、心が傷ついた。

暗くなってきた。誰も明かりをともしにこないから、薄暗がりに座り、疲れて、机の上で腕組みをして頭をのせた。ようやく廊下から足音が聞こえ、サリー先生がやってきてドアを閉めた。パティはあらためて気持ちを引き締めた。〝ドラゴンちゃん〟と対決するには頭をフル回転させないと。

サリー先生はロード先生と話をして、パティにはうんと特別な罰が必要なようだという考えに傾いていた。ただ、いつも両者の言い分を聞くことにしている。椅子を引き寄せ、てきぱきと本題に入った。

「いいこと、パティ。こんな意味のないことをして、どういうつもり？」

パティは非難をこめた目を向けた。

「意味のないことですか、サリー先生？」

「そうよ、意味のないこと！　ロード先生から、あなたは割りあてられた宿題をことわり、クラスのほかの子たちに反乱をそそのかしたと聞いたわ。あなたはこのクラスで特にできる生徒だから、宿題を終わらせることができないというのは、いじっぱりでしかないわね。これがロザリー・パットンだったら、少しは納得だけれど」

「サリー先生はわかっていないと思います」パティは穏やかに言った。

「では、説明してくれたほうがいいんじゃない」サリー先生はうながした。

「わたしは信念をつらぬかないといけないんです」

「そりゃそうね！」サリー先生は気さくに賛成する。「それで、あなたの信念というのは？」

「ウェルギリウスの宿題を六十行にするため耐えることです。こんなことをしているのは、ストライキをしたいからじゃないんです、サリー先生。わたしにとっては、八十行の宿題をこなしたほうがずっと簡単なんですが、ロザリーにとってはそれじゃ公平とは言えません。労働時間はいちばん強い人の能力に応じて決めてはだめなんです。わたしたちクラスメイトがロザリーの面倒を見なければ、ロード先生はあの子を落第させます。労働者の団結にそれぞれの労働者の福祉がかかっているんですよ。これは抑圧された者たちの——ええと——組織化された権威からの侵害との戦いなんです」

「ははあ——なるほど！　あなたはあの講演会をたしかに、しっかり聞いていたようね、パティ」

パティはうなずく。「もちろん、聞いてました。そしてロード先生にはとてもがっかりしちゃいました。社会学の知識を日常生活の問題に応用するようにと、あんなに話していたのに、わたしたちが実行すると、自分の主張を取り消すんですよ。でも、とにかく、わたしたちはこのストライキを続けるつもりです。ロード先生がわたしたちのただしい要求にこたえてくれる気になるまで。自分勝手な理由から、こんなことをしてるんじゃないんです、サリー先生。わたしはもっとなにか食べるものが必要ですし、乗馬もしたいです。でも、悩める姉妹たちのために戦っています」

頭上の天井が、パティの悩める姉妹たち四人がふざけておたがいに飛び乗りあった衝撃で揺れ、壁に彼女たちの悲鳴や笑い声が反響した。

サリー先生のくちびるがぴくりと動いたが、笑いたいのをこらえて真剣に重々しく話した。

「なるほどね、パティ。この前例のないおこないは、慈愛の心から生まれたものだと知ってうれしいわ。ロード先生はどういうことなのかしっかり理解されたら、満足されるはずよ。わたしが仲介役として、この問題を先生に話してみましょうか？　わたしたちはきっと――そうね――妥協にたどり着けるわよ」

夕食後の三十分はいつもならば、みんなが広い正方形のホールでダンスをしたがる時間なのだが、今夜の少女たちは棒立ちになってグループごとに教室のほうをちらちら盗み見ることが多かった。あのなかでは話し合いがおこなわれている。ロード先生、奥方様、ドラゴンちゃんが教室に入ってドアを閉めていた。キッド・マッコイが二階の〈パラダイス横町〉からもどってきて報告した。床にはいつくばって通風口から聞いたところ、パティは腹ぺこのあまり気絶し、奥方様がウイスキーを気付け薬にして意識を回復させ、パティは酔っ払って、組合よ永遠なれ！と声援を飛ばしていると。けれど、キッド・マッコイの話は想像がまじりがちだ。生徒たちはパティのふるまいについて考えが割れていた。裏切り者たちはパティにたいしたことができるものかと考えがちだったが、コニーとプリシラは熱い信念を誠実に支持した。

ついに教室のドアが開き、職員たちが姿を見せて校長室に入り、その一方でいきなり熱心にダンスが始まった。今日は誰も、隅っこでひそひそ話をしているところをロード先生につかまりたくなかったのだ。

パティが最後にひとりで現れた。顔は青ざめ、目の下にはクマができているけれど、その目には勝利の輝きがある。

「パティ！」

「あなた気絶したの？」

「どうなった？」

「完璧《かんぺき》でりっぱでした！」

「彼女、カンカンだった？」

「先生はなんて言ったの？」

「わたしたちは問題の調停に入り、妥協で落ち着いたの」パティは静かな威厳をたたえて答えた。「今後、宿題は七十行になる。ウェルギリウスのストライキは解散よ」

生徒たちはもっとくわしく聞きたくてたまらず、パティのもとに押しかけたが、パティは相手にしないで食堂のドアへと歩きつづけた。たったひとり、高みで困難を経験した者らしい、りりしいところがあった。まだ一般の人間と肩をふれあう気になれなかったのだ。

生徒たちは夜の自習で机に向かい、中庭の先の明かりのともった窓から、夕食となったパティが長いテーブルのお誕生席に堂々と腰をかけるのが見えた。オオサキが隣で砂糖漬けのイチゴを差しだし、反対側からはメイドのマギーが砂糖衣《さとうごろも》がけの焼き菓子を出している。パティは骨にもならず、大きな殉教のごほうびをもらったのだった。

4 はしから三番目の彼

「あっ、パティ！　ウェディング・ケーキのおみやげはある？」

「なにかわくわくすることはあったの？」

霊柩車《れいきゅうしゃ》が学園の正門をくぐり、中庭に入る通用門めざしてカーブを描いた私道をガタゴトとやってくると、コニーとプリシラは慣れたもので、うしろのステップにひらりと飛び乗った。〝霊柩車〟というのは聖アーシュラ学園の生徒たちを、教会や駅へ送り迎えする黒いニス塗りの馬車の呼び名だ。二十人まで乗れるようになっている。広々とした車内にはパティとスーツケースだけで、特大のさやに入ったふたつの小さな豆のように揺られていた。

「わくわくすることね！」パティは浮かれて答えた。「期待してほしいな！」

馬車がとまると、青いコートの少女たちにかこまれた。午後のレクリエーションの時間で、生徒全員が外にいる。パティが受けた歓迎ぶりは、通りすがりの人が見たら、三日ではなくて三カ月も留守だったと思ってしまいそうだ。パティとふたりの盟友たちが降りると、マーティンはふたたび手綱をにぎった。

「ほれ、あんたたち！　厩舎《きゅうしゃ》まで乗りたい子はみんないいよ」彼は気前よく招待してくれた。

すると乗客が押し寄せた。定員の二倍で馬車のなかは大混雑、御者席やステップにまで生徒がむらがり、さらにはふたりが馬の背にまでちょこんと乗った。

「わくわくすることって、どんなこと？」女の子たちで鈴なりの馬車がガタゴトと去ると、すぐにコニーとプリシラはたずねた。

パティはスーツケースを手で示した。

「それよ。二階に運んでくれるかな。学校にもどった報告をしたら、すぐに行くから」

「でも、これってあなたのスーツケースじゃないわ」

パティは謎《なぞ》めいた様子でその通りとうなずく。

「どれだけ時間をかけても、誰のスーツケースか当てられないだろうな」

「誰のなの？」

パティは笑い声をあげる。

「男性のものみたい」と、コニー。

「うわ、パティ！　そんなにじらさないで。どこで手に入れたの？」

「そうよ」

「わたしの選んだささやかなおみやげ。奥方様に会ったらすぐ、話してきかせるね。急いで、ジェリーが見ていないうちにこっそりと」

彼女たちは振り返り、体育の先生のほうをすばやく見た。テニスコートで、ふくよかなアイリーン・マカルーにもっとすばやく動くようお説教している。ジェリーことジェリングズ先生は〝レクリエーション〟を活発に屋外でおこなうべきだとこだわる人だった。コニーたちだったら、パティがもどったことを室内で歓迎する許可はあっさりもらえただろう。でも、ちょっとしたことで許可を求めないというのが、この三人組のやりかただった。そんなのは、信頼のむだづかいだ。

プリシラとコニーは左右からスーツケースを引きあげて階段をのぼった。そのあいだにパティは校長室に向かう。十分後、〈パラダイス横町〉の七号室で友人たちに合流した。ふたりはベッドに腰を下ろし、頬杖《ほおづえ》をついてあごをのせ、目の前の椅子《いす》に立てかけたスーツケースを見つめている。

「それで？」ふたりはすぐにたずねた。

「奥方様にはわたしがもどってうれしい、ウェディング・ケーキを食べすぎなかったことを祈ると言われた。もしも、成績が少しでも落ちたら——」

「じゃなくて、これは誰のものなのよ？」

「黒い眉《まゆ》、あごにえくぼがあって、愉快な曲を歌う右から三番目の彼のもの」

「ジャーミン・ヒリアード・ジュニア？」プリシラが息もつけずにたずねた。

「ふざけてるんだよね？」コニーが大げさにため息をついて胸に手をあてる。

「誓って本当だから！」パティはスーツケースを裏返しにして、隅にある頭文字を指さした。〝J・H・Jr.〟だ。

「彼のだわ！」プリシラが叫ぶ。

「どうして、あんたが手に入れることになったのよ、パティ？」

「鍵《かぎ》はかかっているの？」

「うん」パティはうなずく。「でも、わたしの鍵でも開けられる」

「中身はなに？」

「ええとね、礼服、カラー、それから——そういったものよ」

「どこで手に入れたの？」

「そうねえ」パティがだるそうに言う。「長い話なのよ。自習の時間までに説明する暇があるかどうか――」

「そんなこと言わないで、話してよ、お願い。じらすなんてひどい！」

「じゃあ――先週の木曜の夜がグリークラブだったでしょ」

友人たちは言われるまでもない情報を聞かされ、もどかしくうなずいた。

「そして、わたしが結婚式に向かったのは金曜の朝だった。奥方様から、目立たないようにすることと、わたしのお行儀が学園の評判にはねかえるんだっていう、出発にあたっての注意事項を聞いていたら、マーティンからプリンセスが脚を痛めて馬車を出せないと言伝がきたの。だから霊柩車で駅に行くかわりに、マドモワゼルと路面電車で向かったんだよね。乗ってみたら、男の人がいっぱいいてね。イェール大学グリークラブの全員が駅に向かってたの！　あんまり多すぎて、仲間の膝《ひざ》に座っている人たちもいたくらい。上に座ってた人たちがみんな立ちあがって、どこまでもまじめに、礼儀正しくこう言ったの。〝マダム、ぼくの席にお座りください〟って。

マドモワゼルはプンプン怒ってたな。フランス語で、アメリカの男子大学生のお行儀は恥ずかしいものだと思うと言って、もちろん、あの人たちはみんなそれがわかったの。でも、わたしは少し笑っちゃった――とてもおかしくて、笑わずにいられなくて。そこで、下にいたふたりが席をゆずってくれて、わたしたちは座ったの。そして信じられないと思うけれど、はしから三番目の彼がわたしの隣に座ってた！」

「まさか？」

「ああ、パティ！」

「彼はステージの上と同じくらいハンサムだったの？」

「もっと素敵だった」

「あれは本物の眉なの、それとも黒く描いてるの？」

「本物みたいだったけれど、じろじろ見るわけにもいかなかったから」

「もちろん、本物だよ！」コニーが怒って言う。

「そしてどうなったと思う？」パティは話をふる。「グリークラブもわたしと同じ列車に乗ったの。こんな偶然、聞いたことがある？」

「マドモワゼルはそれをどう思ったの？」

「ひよこ一羽を大切に育ててる母さん鶏《どり》みたいに騒いでね。わたしのことを車掌にお願いして、たくさん指示してた。あの人、あたらしい家に来た子守みたいに感じただろうな。グリークラブの人たちは喫煙車に乗ったけれど、ジャーミン・ヒリアード・ジュニアだけは違ったの。わたしに続いて特別客車にやってくると、真向かいの席に座ったんだよ」

「パティ！」ふたりはショックを受けて声を合わせて叫んだ。「彼に話しかけなかったでしょうね？」

「もちろん、話しかけてない。窓の外をながめて彼がそこにいないふりをしてた」

「あら！」コニーががっかりしてつぶやく。

「それからどうなったの？」プリシラがたずねた。

「どうもならなかった。わたしはクームズデールで降りて、トムおじさんが自動車で迎えにきてくれたの。運転手がポーターからわたしのスーツケースを受けとったんだけど、わたしはよく確認しなかったんだよね。ちょうどお茶の時間に家に着いて、二階にあがらずにまっすぐお茶のテーブルに向かったのよ。執事がわたしのスーツケースを受けとり、メイドがやってきて、荷ほどきするから鍵をくれって頼まれた。あの家は使用人だらけ。自分の対応がまちがってるってあの人たちに思われていないか、いつもびくびくするのよね。

新郎付き添いや花嫁付き添いもみんなそこにいて、お茶のあいだはずっと、とてもにぎやかだったけれど、半分はなんの話かわからなかったな。みんな知り合いだから、わたしにはわからない内輪のジョークばかりで」

コニーが同情してうなずいた。

「このあいだの夏の海辺でも、そんなふうだったよ。大人って、お作法がなってないよね」

「自分が子供だって感じてしまったな」パティは認めた。「男性のひとりがわたしにお茶を持ってきてくれて、学校でどんな勉強をしているかってきいたの。あの人、ルイーズの言いつけで小さないとこをもてなそうとしたけれど、三つ編みにしている女の子に話しかけるなんて、とても退屈だってずっと思ってたみたい」

「だから髪をアップにするよう言ったのに」と、プリシラ。

「いいから聞いて！」パティがもったいぶって言う。「夕食のために着替えようと二階にあがったら、目をまん丸にしたメイドと廊下で会ったの。

『パティさん、すみません。でも、あれはあなたのスーツケースですか？』って言われたのよね。

『そうよ、もちろんわたしのスーツケースだけど。どうしたの？』と答えた。

メイドはテーブルのほうに手を振るだけで、一言もしゃべらないの。そこに大きくひらいてあったのはこれ！」

パティはポケットから鍵を取りだすと、スーツケースのロックをはずし、蓋《ふた》を大きく開けた。男性の礼服がいちばん上にきれいにたたまれ、パイプとタバコの入った箱があり、カラーなどのこまごました男性の装飾品が隙間《すきま》を埋めている。

「うわ！」ふたりは息もできず声をあわせて叫んでから、息をのんだ。

「これは本当に彼のものなんだ」コニーは熱烈な口調でつぶやく。

パティはうなずいた。

「このスーツケースをトムおじさんに見せたら、おじさんは笑い死にしそうになったの。駅に電話をかけてくれたけれど、向こうではなにも知らないし、わたしもグリークラブがどこまで演奏に出かけたのか知らなかったから、ミスター・ヒリアードに電報を打てなかった。トムおじさんは街から八キロの場所で暮らしてるから、その夜はもう、どうしようもなくて」

「彼がコンサートのために着替えようとして、パティのあたらしいピンクのイヴニングドレスがいちばん上に広げてあるのを見てどんな気持ちになったかしらね？」プリシラがほのめかす。

「きゃあ、パティ！　彼が開けたと思う？」コニーがたずねた。

「開けたんじゃないかな。スーツケースはまったく同じもの、鍵もどちらにも合うみたいだから」

「荷物を正しく詰めていたならいいけれど？」

「あら、うん、きれいにしてたよ。なにもかもピンクのリボンで結んでおいたの。トムおじさんの家を訪ねるときは、いつもメイドに見られるつもりで荷造りするから」

「でも、夕食と結婚式は？　服がないのにどうしたのよ？」プリシラはパティがドレスメーカーに何度も足を運んだことを残念がりながら思いだしてたずねた。

「そこがこの話のいちばんいいところだったの！」パティがうけあう。「ロード先生はわたしにまともなイヴニングドレスを作らせようとしなかったのよ。自分からわたしに付き添って、ミス・プリングルにどんなふうに作るか伝えたの。わたしの全部の舞踏服と同じように、床上二十センチの裾《すそ》で、袖《そで》は肘《ひじ》まであるし、ウエストに子供っぽいサッシュリボンがあって。どちらにしても、あのドレスは大きらいだった」

「女生徒であることを忘れてはなりませんよ」コニーが先生の口癖をまねる。「世のなかに出るまでは――」

「いいから話を聞いてよ！」パティが目を輝かせる。「ルイーズが自分のドレスを一着、いちばんいい舞踏会用のものから出してくれたんだ。お嫁入りの支度でドレスをすっかり新調したから、もう着る機会がないドレス。白くて軽いクレープ生地で、ゴールドのスパンコールが刺繍《ししゅう》してあって、うしろに長く裾を引いたドレスだった。前の裾も長くてね。しずしずと歩くしかなかったな。メイドが着替えを手伝って、髪を頭のてっぺんでアップにまとめて、ゴールドの髪ひもリボンをあしらってくれたの。そしてエマおばさんが真珠のネックレスと長い手袋を貸してくれたら、わたしは美人に見えたのよ——誓える——あなたたち、わたしだってわからなかったと思う。だって二十歳には見えたもの！

わたしを夕食の席にエスコートした男性は、わたしが未成年だなんて夢にも思ってなかった。だって、わたしといちゃつこうとしたのよ、本当なんだから。向こうはとても歳《とし》がいった人だったのにね。四十歳近かったはずよ。自分のおじいちゃんといちゃついてるみたいな気がした。あのね」パティはこう言いたした。「大人になるのも悪くない。とても楽しく過ごせるから——きれいになれれば」

とっさに六つの目が鏡を探し、その後パティは時系列を追う話をまた始めた。

「夕食の席で、トムおじさんがわたしにスーツケースの取り違えについて話をさせてね。みんな大笑いしてたよ。とてもわくわくする話になったから。まず、全校生徒でグリークラブのコンサートに行って、みんなはしから三番目の彼に恋をしちゃって、そろってプログラムから彼の写真を切り抜き、懐中時計の蓋の裏にはりつけた話をしたの。そして、彼が列車でわたしの向かいに座り、スーツケースを取り違えたことを。隣に座っていたミスター・ハーパーは、人生でこんなにロマンチックな話は聞いたことがないって言ってた。ルイーズの結婚はくらべものにならないって」

「スーツケースのことをくわしく聞かせてよ」友人たちはうながした。「その後はなにもしなかったの？」

「朝になって、トムおじさんがもう一度電話をかけたら、駅の係員は若いレディのスーツケースが手元にあるっていう人から電話で連絡が来たと言ったの。その彼は二日後にもどってくるって。わたしは駅の手荷物係に彼のスーツケースをあずけ、むこうも、わたしのものをあずけるのでどうかって」

「でも、あんたはあずけてこなかったよね」

「別の路線で帰ってきたから。これは送るつもり」

「それで、結婚式にはなにを着たの？」

「ルイーズの服。ほかの新婦付き添いと同じドレスじゃないことは、ぜんぜん問題なかったんだ。わたしは付き添いのリーダーで、どちらにしても違うドレスじゃないといけなかったから。わたしは三日間だけ大人になれたの。髪を高く結いあげて男性たちと話してるところを、ロード先生に見せたかったな！」

「奥方様には話したの？」

「うん。スーツケースの取り違いのことは。それがはしから三番目の彼のものだってことは言わなかった」

「そしたらなんて？」

「知らない男性の荷物を持ち逃げしたことは、とても不注意でしたねって。向こうが紳士で、好意的に受けとってくれることを願うって言われた。奥方様はスーツケースがここにあるって手荷物係に電話をかけたけれど、今日の午後はマーティンに運んでもらえないの。農園に卵を取りにいかないとならないから」

レクリエーションが終わり、少女たちは近づく自習時間のために、教科書、レポート用紙、鉛筆を準備しようとぞろぞろと二階にあがってきた。七号室を通る人はみんなニュースを聞こうと立ち寄った。その人たちはスーツケースの話を聞くたびに、中身を見て息をのむのだった。

「タバコとベーラムの整髪料みたいなにおいがしない？」ロザリー・パットンがくんくんと鼻を動かす。

「あら、ボタンがひとつゆるんでる！」めざとい主婦の目を持つフローレンス・ヒソップが叫んだ。「黒い絹糸はどこにあるの、パティ？」

フローレンスは針に糸を通してボタンを縫いつけた。それから大胆にも、コートを着てみた。彼女に続いて八人が同じことをして、その感触にぞくぞくした。その場にいあわせた者よりずいぶんと大きな人に合わせたサイズだ。アイリーン・マカルーでさえも、このコートはぶかぶかだった。

「彼はとても肩幅が広いのね」ロザリーはサテンの裏地をなでた。

少女たちはほかの衣類もお上品にのぞいた。

「まあ！」メイ・マーテルが甲高い声をあげる。「青いシルクのサスペンダーを使うのね」

「ほかのものも青よ」エドナ・ハートウェルがさえずるように言い、メイの肩越しにのぞいた。「パジャマがある！」

「こんなことがまさかパティに起こるなんて、もったいない！」メイ・マーテルがため息をつく。

「どうしてよ？」パティはふくれっ面《つら》になった。

「あなたはとても幼いから、その——ええと——」

「幼い！　髪をアップにしたところを見てから言ってほしいな」

「最後はどうなるのかしら」ロザリーがたずねた。

メイがいじわるなことを言う。「最後は手荷物係がスーツケースを届けにきて、ジャーミン・ヒリアード・ジュニアは取り違えた相手を知ることもなく——」

そこにメイドがやってきた。

「あの」メイドはまだコートを着ているアイリーンをびっくりして見つめながら、つぶやいた。「トレント校長から、ミス・パティ・ワイアットは応接間に来るようにとのことです。わたしがそのスーツケースを運びます。紳士がお待ちで」

「まあ、パティ！」部屋中の者が息をのむ。

「髪をアップにするのよ――急いで！」

プリシラがパティの二本のおさげをつかんで頭のまわりに巻きつけるあいだ、ほかの者たちは興奮しながらコートをスーツケースにつっこみ、ふたたび鍵をかけた。

みんなパティのあとから詰めかけ、あぶないくらいに階段の手すりから身を乗りだし、応接間のほうに耳を澄ました。でも、聞こえるのはくぐもった声だけで、たまに、深みのある男性の低音の笑い声がはさまった。玄関のドアが閉まる音が聞こえると、私道が見渡せるハリエット・グラッデンの部屋にいっせいに押しかけ、窓ガラスに鼻を押しつけた。背が低く、がっしりしたドイツ人ふうの体型の男性が、身体《からだ》を揺らしながら正門と路面電車の停留所のほうへ歩いている。少女たちはショックを受け、まん丸な目で見つめてから、なにも言えずに振り返った。ちょうど、迷子になっていたスーツケースをひきずって階段をよっこらしょとあがってくるパティと目が合った。

みんなの目つきから見物されたとわかったパティは、階段のいちばん上で座りこみ、手すりに頭をあずけて笑い声をあげた。

「彼の名前は」笑いすぎて、むせかえりながら言う。「ジョン・ホーホシュテッター・ジュニア。食料品の卸業をしている人で、同業者の大会に行く途中だったんだって。アメリカのチーズと輸入チーズの比較についてスピーチするためよ。礼服がなくてもぜんぜん大丈夫だったって。どちらにしても、ああいうのを着ると居心地が悪いからって話されてた。大会の人たちにはどうして礼服を着てないのか説明して、その夜いちばんの愉快なスピーチになったそうよ。あ、自習の鐘だ」

パティは立ちあがって〈パラダイス横町〉に向かおうとしたが、足をとめて振り返り、さらにくわしいことを聞かせた。

「彼にはちょうどわたしと同い年のかわいい娘さんがいるって！」

5 ばあばとじいじのハネムーン

マーフィーさん一家はかしこく物事のいい面に目を向け、聖アーシュラを守護聖人として受け入れていた。一家はパトリック・マーフィーさんとおかみさん、十一人の小さなマーフィーたち、そしてフラニガン〝ばあば〟で、聖アーシュラ学園の正門に近い五部屋の家に暮らしている。一家は聖アーシュラになりかわった六十四人の少女たちの慈善と、石工と煉瓦工《れんがこう》としての有能な腕は持っているマーフィー父さんがお酒を飲んでいないとき、たまにおこなう仕事で生活していた。

マーフィー父さんは学園の大きな正門や、四ヘクタールの〝囲い地〟を取りかこむ長い石壁を建てた。〈パラダイス横町〉として知られるあたらしい〈西棟〉の土台をすえ、すべての煙突、私道、テニスコートを作った。学園は彼の長くのんびりした仕事の歴史の記念碑だ。

マーフィー夫妻は先を見通す力がばつぐんで、最初の赤ちゃんを学園にちなんで名づけた。アーシュラ・マーフィーは名前としては、おしゃれな組み合わせとは言えないけれど、たっぷりした見返りを受けた。代々の聖アーシュラの少女たちから服のお下がりをもらえたのだ。小さなアーシュラが山のような衣類の下に埋もれそうになることもあったくらい。けれど、両親はタイミングよく古着屋さんを見つけ、アーシュラの重荷を少し軽くしてやった。

アーシュラのあとは、一定の間をおいて小さなマーフィーたちが立てつづけに生まれた。そして赤ちゃんたちの名づけをして洗礼の贈り物をすることが、学園に伝わる栄誉となった。マーフィーのおかみさんが毎年のように名づけをお願いするのは、慈善をほどこしてもらうことが目的というわけではなかった。少女たちならば華やかな名前をつけてくれるから、うれしかったのだ。文学に強くないおかみさんには、つけることのできない独特な名前だ。名前選びは生徒会長の選挙と同じくらい複雑で、駆け引きのあるものとなった。異なる派閥が、異なる名前を提案する。候補が六つほど出され、熱の入ったスピーチと無記名投票がおこなわれた。

名づけには、ひとつだけしばりがある。どの赤ちゃんも守護聖人の名を使うこと。この点について、マーフィー夫妻はこだわった。でも、キリスト教の殉教者たちをくわしく調べ、少女たちはなんとか、かなりめずらしくて美しい名前の、あまり知られていない聖人たちのリストを見つけだした。

これまでのところ、マーフィー家の子供たちの名前はこうなっている。アーシュラ・マリー、ジェラルディン・サバイナ、ミュリエル・ヴェロニカとライオネル・アンブロース（双子《ふたご》）、アイリーン・クロティルダ、ジョン・ドルー・ドミニク、デルフィーヌ・オリヴィア、パトリック（彼は夏休み中に生まれ、辛抱強い牧師さんがこの子は父親の名前をもらうべきだと説得しきった）、シドニー・オーランドー・ボニファス、リチャード・ハーディング・ゲイブリエル、ヨランダ・ジュヌヴィエーヴ。子供たちのリストはこれで終わりだったが、十二月初めのある朝、父親のほうのパトリックが学園のキッチンのドアに現れ、もうひとつ名前を——男の子の——つけてもらう季節になりまして、と知らせてきた。

学園はすぐに全員からなる名づけ委員会を作った。いくつかの名前があげられ、話し合いが熱を帯びたとき、パティ・ワイアットが張りきって立ちあがり、〝カスバート・シンジュン〟を提案した。この意見は歓声で迎えられ、メイ・ヴァン・アーステールはぷりぷりしながら部屋をあとにした。この名前は満場一致で採用された。カスバート・シンジュン・マーフィーは次の日曜に洗礼を受け、緑のビロードの箱に入れた金メッキのポリッジ用スプーンを贈られた。

パティのうまい提案に大はしゃぎした生徒たちは、そのごほうびとして、彼女をクリスマス学園祭委員会の委員長に選んだ。クリスマス学園祭は学園設立から続く慈善のイベントだ。聖アーシュラ学園の教育方針は幅が広い。女性の美徳をさまざまな方面で成長させることが含まれ、その最大のものが慈善だった。現代的かつ科学的な型にはまった慈善ではなく、ほんわかする昔ながらの慈善で、人に親切にしたことにより、あたえる者の心にさわやかなうれしさを残すようなものだ。毎年クリスマスにはツリーを飾り、夕食を並べ、近所のまずしい子供たちに集まるよう呼びかけた。そうした子供たちは雪の状態によってソリか干し草用のカートで、学園の少女たちが家から家をまわって迎えにいく。少女たちはこれが一年間でいちばん楽しいお祭りだと思っていたし、子供たちのほうも最初の気まずさを乗り越えたら、とても楽しんでくれるのだった。

もともとの構想では、生徒たちがそれぞれひとり面倒を見る子を決め、その子の家族を訪ねて下の階級の人たちと個人的な結びつきを作ることになっていた。生徒はその子が特別必要としているものはなにか知ることができ、靴下だとか、ズボンだとか、フランネルのペティコートだとか、本当に役立つものを贈るのだ。

これは紙の上では好ましい計画だったが、実行するとなるとうまくいかなかった。聖アーシュラ学園は働く必要のないお金持ちのお屋敷が多い裕福な地区にあり、こうした地区のはしっこにしがみついている労働者は、働く機会がたっぷりとあたえられたからだ。設立初期の学園が小さかった頃は、迎えにいけるまずしい子供たちがたくさんいた。けれど、聖アーシュラ学園が大きくなるにつれて、まずしい人たちは減っていったようで、とうとういまの学園は慈善をする相手が実際には足りない、ということになっていた。けれど、マーフィーさん一家だけはいつもいっしょにいてくれた。毎年、クリスマスの善行をありがたいと言ってくれた。

パティは委員長を引き受け、実際の仕事をする小委員会をいくつか任命した。自分とコニーとプリシラには、聖アーシュラ学園の慈善を受ける人たちを選ぶ特権を残した。つまり、〝囲い地〟の外で何度もすがすがしい午後を過ごせるということだ。世間の人がヨーロッパ旅行をするのと同じで、外を歩けるということは牢獄《ろうごく》の囚人にとって胸のおどるような経験だ。三人はその週の大半を使ってご近所をしっかり調べたものの、マーフィー家の子供たちを別にすると、慈善をほどこせそうな子は九人しかいないという、こまった事実が発覚しただけだった。しかも、その九人の誰ひとりとして、正直言えば、まずしいと定義できそうな家の子じゃなかった。その子たちのお酒も飲まない働き者の両親は、慎みのあるクリスマスの支度をりっぱにできるはずだ。

「それに、マーフィーさんのところも、クリスマスのもよおしにふさわしい年齢の子は六人だけだよ」コニーがぼやく。三人は二時間歩きまわって成果をあげられず、お天気の悪い日の、凍るようなたそがれどきに学園にもどっていくところだった。

「そうすると、子供ひとりにつき、五人ぐらいの女子がお世話することになるわね」プリシラが暗い表情でうなずく。

「ああ、この慈善事業にはうんざり！」パティは気持ちを爆発させた。「これは生徒たちの娯楽でしかなくなってる。どう見てもちゃんとしてる人たちにほどこしを配るやりかたは、ただの侮辱でしかないよ。誰かがお菓子をいっぱいに詰めたピンクのターラタン（目のあらい薄い綿生地）の靴下をわたしに突きだして、いい子にしていたからどうぞなんて言ったら、その人の顔にぶん投げてやるもの」

　気持ちが高ぶると、パティは言葉遣いがきつくなるのも平気だった。

「さあ、パティ」プリシラはなだめるようにパティと腕を組んだ。「マーフィーさんのところに寄って、もう一度、数えてみましょうよ。数えそびれた子がいるかも」

「双子はまだ十五歳だよ」コニーが期待しながら言う。「あの子たちも入れていいと思う」

「それにリチャード・ハーディングはもうすぐ四歳ね。もうクリスマスツリーを楽しめる年齢よ。マーフィーさんの子たちがたくさん来てくれればくれるほど、わたしたちはうまくいくものね。あの子たちはいつも、わたしたちがあげるものをとても気に入ってくれるから」

「そんなのわかってるよ！」パティは大声で叫んだ。「わたしたちはあの子たちみんなに、ガチな物乞《ものご》いになることを教えてるんだから――スラングを使っても、こんな慈善よりもっといいことにお金を使えないんだったら、後悔しちゃう」

学園祭のための資金は、悪い言葉づかいの罰金で一年をかけてためられる。聖アーシュラ学園では人前でスラングを使ったり、文法がまちがっていたりするたびに、一セントの罰金だった。もちろん、自分の部屋でひとりだったり、絆《きずな》の深い者たちの前では、きびしさはゆるんだ。親友たちはケンカ中でなければ、報告をあげない。けれど、ただの知り合いや敵や教師は報告をしたし、正義感が高まっていると自分で自分を報告することさえある。いずれにしても、スラング資金はふくらんでいった。今年の委員会が罰金箱を開けてみると、三十七ドルと八十四セントがたまっていた。

パティは少し抵抗したけれど、結局は折れて、マーフィーさん一家の住まいに引っ張られていった。人づきあいしたい気分じゃないのに、この家を訪ねるとたくさん会話しなければならなくなるのだ。一家は超満員のキッチンでにぎやかに集まっていた。十二人の子供たち全員がいっせいにペチャクチャと声をあげ、どんどん甲高くして、きょうだいの声をかき消して自分の話を伝えようとするけれど、余計にうるさくなるだけだ。こんろで調理中のキャベツの煮込みから出るにおいのこもった蒸気が、キッチンにもうもうと漂っている。暖炉のあるはしっこに追いやられているのは、気の毒なお年寄りのフラニガンばあばだ。白髪の目立つばあばなのに、さわがしくて、でしゃばりな子供たちにかこまれ、ちっとも敬われていない。パティたちが生まれてまもない赤ん坊を愛《め》でていると、ヨランダとリチャード・ハーディングがなにやらべたつく手で彼女たちの膝《ひざ》にはいのぼってくる。一方、マーフィーのおかみさんは強いアイルランドなまりで〝クースバート・シンジョーン〟という名前のよさを力説した。いままでのどんな名前より気に入っていると断言するくらい。聖人ふたりの名前はこの子に幸運をもたらすはずですからね、と、パティたちにていねいにお礼を言った。

　パティは今回の訪問のおつきあいの方面はコニーとプリシラに任せ、フラニガンばあばの椅子《いす》のそばにある薪《まき》入れの箱に、身体《からだ》を押しこめるようにして座った。マーフィーのおかみさんの母親にあたるばあばは、ひどくお年寄りだが、一世代前のアイルランド人の魅力ある話しぶりとお作法の持ち主だ。この家族で誰と話したいかと言えば、おもしろさを感じるこの人だった。いつだって、ばあばの娘時代の話をしてもらうのは好きだ。アイルランドのクレア県にあるスターリング卿《きょう》のお城でメイドをしていたこと、若きタマス・フラニガンが現れて彼女をアメリカへさらい、妻として彼が生活を築く支えとなったこと。タマスはリューマチで、もう腰の曲がったおじいさんだが、抜けるように青い目とアイルランド人らしいほほえみに、ばあばはいまでも自分に求愛していた頃の若者の姿を見ていること。

「今年の冬は、だんなさんの体調はいかがですか？」パティはこれがばあばと心を通わせる近道だとわかっているので、こうたずねた。

ばあばはくちびるを震わせてほほえみ、首を振った。

「四日、音沙汰《おとさた》なしでございますよ。もうタマスはわたしたちといっしょに暮らしちゃおりませんでねえ」

「離ればなれになるなんて、おつらいですね！」パティはすぐに同情してこう言ったが、自分がとても悲しい話題にふれているのだと気づいていなかった。

ばあばのおしゃべりは水門を開けたように、一気にほとばしった。

「アーシュラとジェラルディンが大きくなって、あの子たちを訪ねてこらっしゃる若い男衆がおりましてねえ、客間が入り用になったもんで、わたしとタマスに部屋をひとつ使わせる余裕がなくなったんでございますよ。それで、わたしは女の子四人と屋根裏部屋に寝ることになり、タマスは道の先にある息子のタマスのうちに送られましてねえ。タマスの嫁が、タマスは薪と水を運べば、駄賃がわりにキッチンで寝てもいいが、下宿人を置くもんで、わたしらふたりともはだめだと言うんでございますよ」

パティは一瞬、黙って首をかしげた。タマスがふたり登場するややこしい話の意味をくみとろうとしていたのだ。

「なんてお気の毒な!」パティはなぐさめようと、ばあばの膝にそっと手を置く。

フラニガンばあばは歳《とし》のせいで涙もろくなっていて、みるみる目をうるませた。

「なにも不満だと言ってるんじゃございませんよ、世のなかはこうやってまわるもんです。老いぼれは引きさがって、若い衆のために余裕を作らんといけないんでございます。でも、あの人がいないとほんにさびしくてねえ! わたしらは四十七年もいっしょに暮らしてきて、おたがいのことがよくわかっているんですよ」

「でも、息子さんの家はそんなに遠くありませんよ」パティは自分に言えるなぐさめの言葉をかけた。「タマスさんにはちょくちょく会えますって」

「それができないんでございます! 二キロちょっと離れていて、リューマチをわずらっていたら、死んだ亭主を持っているのと変わらんです」

時計の針が五時四十五分をさし、客人たちは立ちあがった。学園まで一キロ近く歩いて、夕食前に着替えもしなければ。

ばあばは別れ際《ぎわ》にパティの手を握って離そうとしなかった。パティがあたえたささやかで、あってないような同情に、あれだけ大勢の孫たちにかこまれているよりもずっと癒《い》やされたようだ。

「歳を取ってじっと死を待つだけなんて、いくらなんでも悲しすぎない？」暗く寒い外に出ると、パティはぶるりと震えた。

「悲しすぎるよ！」コニーが心から賛成した。「急ごう！　そうしないと夕食に遅れちゃう。今夜はチキンが出るし」

三人は早歩きで家路についたから、おしゃべりをする余裕はほぼなかった。けれど、パティの頭は脚と同じようにいそがしく動いていた。

「とても素敵なアイデアを思いついた」パティは息切れしながらそう言い、正門に入ると、私道を小走りになって、大きく翼を広げた格好の広々として明かりのともった校舎に向かった。

「どんな？」ふたりがたずねる。

鐘がすばやくたたかれ、ガラガラと長引く余韻の音がただよってきて三人を出迎えたそのとき、急ぐ生徒たちが窓の前をひゅんと通り過ぎていった。自習に呼びつけられるより、食事に呼びつけられるほうが反応は早い。

「夕食のあとで話すね。いまは時間がないから」パティはコートを脱ぎながら返事をした。

三人はブラウスのひもをほどきながら裏階段をドタドタとあがり、二階の廊下で頭からすっぽりと脱いだ。

「ゆっくり行って、お願い！」一階に向かう行列を横切りながら、みんなにそう頼みこんだ。夕食だけは、錫《すず》ではなくカーペット張りの表階段から向かうことになっているのだ。

夕食用の服はさいわいにもすっぽりかぶるだけのワンピースで、たいした手間もかからずに着ることができた。三人は頬が真っ赤になって髪は少し乱れていたけれど、きちんとした服装になって、謝りながら食堂に滑りこんだところで、ちょうど食前の祈りが終わった。食前の祈りに遅刻すると罰点が1ですむ。コースの最初の料理に遅れると罰点はさらに増え、二番目の料理に遅れればさらに増える。罰点は1、2、4と等比数列によって増えていった。

夜の自習前、三十分のお休み中に、三人はホールで踊る生徒たちから離れ、誰もいない教室の隅っこに引きこもった。

パティは机にちょこんと腰かけると、自分の気持ちをはっきりと伝えた。

「奥方様がお祈りのために立ちあがり、美しいクリスマスの精神についてスピーチして、たくさんの小さな子供たちをしあわせにするのはどんなに親切なことでしょう、なんて言うのはもう、うんざりよ。奥方様はわたしたち生徒にとっての楽しみでしかないってわかってるのに。今年はわたしが委員長だから好きなようにできる。このにせものの慈善には飽き飽きしたから、クリスマスツリーはなしにするね！」

「クリスマスツリーなし？」コニーがぽかんとして繰り返した。

「でも、三十七ドルと八十四セントはどうするつもりなの？」現実的なプリシラがたずねる。

「聞いて！」パティは主張を始めた。「ご近所には恵みを必要とする子供なんかいないけれど、フラニガンのおばあさんとおじいさんは必要としてるの。この上なくいい人で気の毒なおばあさんは、うるさくて、叫んでばかりで、べたべたした手のマーフィーの子供たちのなかで肩身が狭い思いをしてる。フラニガンのおじいさんは息子のタマスさんのキッチンに押しこまれて、息子のタマスさんのおかみさんのために使い走りをさせられてるんだよ。このおかみさんはとにかくひどい女の人なの。怒るとやかんを投げるって。フラニガンのおばあさんは、おじいさんがリューマチ持ちだから心配してばかりでね、誰もおじいさんにリューマチの薬を塗ってくれないし、季節にあった肌着を着せてくれないの。どんな夫と妻とも変わらず、おたがいのことが大好きなのに、アーシュラがお客様を呼びたいというだけで、離ればなれにするなんて、こんな情けない話はないよ！」

「それは本当にひどいね」コニーが公平に考えて賛成する。「でも、あたしたちで助けられるとは思えないけど」

「まあ、できますとも！　クリスマスツリーを準備するかわりに、わたしたちで、月桂樹《げっけいじゅ》の散歩道にある小さな空き家を借りて、煙突を修理するのよ――これはパトリックさんがタダでやってくれるはず――そしてあたらしい窓ガラスと家具を入れて、おばあさんとおじいさんに家を持たせる」

「三十七ドルと八十四セントで、できると思う？」プリシラがたずねる。

「そこで慈善の出番よ！　学園の生徒全員が二週間、お小遣いなしで過ごすの。そうしたら、百ドル以上がたまるから、あの家に必要な家具は全部入れられる。それに、お小遣いをあきらめるというのは本物の慈善になるよね。クリスマスの時期は特別にお金がいるんだもの」

「でも、みんな、お小遣いをあきらめてくれる？」

「そうなるように、進めるの」と、パティ。「全校集会をひらいて、スピーチしよう。そうしたら、みんな列を作って承諾書にサインするよ。全員が見ているところで、ことわる勇気のある人はいないはず」

パティの燃える熱意は、ほかのふたりにも火をつけた。

「いいアイデアだね！」コニーは賛成した。

「それに家を整えるのは、きっとみんな楽しんでくれるわね」プリシラも言う。「自分たちが結婚するみたいにわくわくすると思う」

「その通りよ」パティはうなずく。「あの気の毒なお年寄り夫婦は、長いことふたりだけになる機会がなかった。わたしたちで、もう一度ふたりにハネムーンをプレゼントしよう」

パティはまわりから見ると次の一時間を幾何学に打ちこんでいるようだったが、頭のなかではいそがしくシーツやタオルやテーブルクロスの縁をかがっていた。木曜日の夜だから、八時から九時までの時間は〈お作法〉の授業だ。少女たちは交替で階段をおしとやかに下り、応接間に足を踏み入れると、従僕の役をつとめるクレア・デュボイスから来訪を告げられ、接待役たちと握手をかわした。こちらは年配の母親役がコニー・ワイルダーで、彼女を見おろしてそびえるように立っているのは社交界デビューする娘役のアイリーン・マカルー、学園一大きな少女だった。今回の配役をおこなった体育教師はユーモアのセンスがある。それぞれのお客様役はふさわしい言葉をかけることとされており、天気の話は禁止だった。

「ワイルダーの奥様！」プリシラは大声をあげ、手を差しだしながらぐっと進みでた。

「それにかわいいアイリーン！　あの小さかったお子さんが、こんなに大きくなるなんて本当とは思えませんわ。つい先日まで、よちよち歩きのおちびちゃんで――」

パティがプリシラの前に割りこんだ。

「ワイルダーの奥様」パティはマーフィーさんたちも顔負けのアイルランドなまりでたずねる。「評判のニュースをお聞きにならっしゃいましたかねえ？　タマス・フラニガンご夫妻が、社交のシーズンのために月桂樹荘を借りなさったんでございますよ。カフェをひらこうと考えておられるんです。毎日午後のレクリエーションの時間は家にいるようにして、夏はレモネードとジンジャーブレッドを、冬はスープとサンドイッチを出すそうでしてねえ。奥様、ぜひアイリーンを訪ねさせるとよろしいでございますよ」

お作法の時間が終わると、三人は〈パラダイス横町〉にあるじゃまの入らないパティとコニーの部屋に引きこもってドアを閉め、遊びに来る人をシャットアウトした。九時から九時三十分の間は聖アーシュラ学園で人気の訪問時間だった。この時間は寝る前の準備をすることになっているが、暗闇《くらやみ》でもうまく着替えができるなら、その三十分を人づきあいの目的に捧《ささ》げるのだった。

〈寝ています！　起こさないで！〉と書かれた紙をドアに押しピンでとめていたが、部屋のなかから聞こえるにぎやかなおしゃべりはこの言葉と矛盾している。

「わたしのレモネードとスープの思いつきはよかったでしょ？」パティはたずねた。

「慈善の極意は、それを慈善にしないこと。人々がつねに自分の力で生活できるようにしないとなりません」プリシラが前回の社会学の授業から引用した。

パティが計画を話す。「生徒たちで小さなテーブルをいくつか並べようね。夏にはリンゴの木の下に、冬には応接間に。そうすれば、学園の生徒みんなと自動車の人たちが立ち寄ってレモネードを頼むよ。お代はグラス一杯、生徒たちから五セント、自動車の人たちから十セント」

コニーが提案する。「こうしようよ、生活費の足しにパトリックさんとタマスさんから週に一ドルずつ出してもらおう。おばあさんとおじいさんは、いまでも週に一ドルぶんくらいは、ジャガイモを食べているはずだもん」

三人は消灯の鐘が鳴ってからも、長いこと小声で計画を話し合っていた。プリシラは目立たないようにしようとは心がけ、マドモワゼルの開け放たれたドアの前を這《は》って、廊下の突き当たりにある自分の部屋まで進むしかなかった。

翌日の午後、レクリエーションの鐘が鳴ったとたん、三人は外出許可を取って元気よく早足で出かけた。全校集会でこの件を持ちだす前に、段取りを完璧《かんぺき》にしておくため、あれやこれやの手続きをかたづけるのだ。

「まず、パトリックさんとタマスさんを訪ねて、一ドルを約束させようか」と、パティ。

パトリックさんは二つ返事で一ドルを約束した――彼はいつも約束をしっかり守る――それで少女たちは陽気に息子のタマスさんの家へ向かった。おじいさんが裏口のところで怯《おび》えた顔をして靴の裏を拭《ふ》いている。おかみさんのいじわるな言葉が突風のように吹くたびにうつむいて、震える葦《あし》みたいだ。息子のタマスさんは内緒話ができる場所で計画を聞かされると、週に二ドル出せそうだと言った。疲れ切った目をしていたが、その瞬間はほっとしていた。おかみさんのガミガミから父親を助けることができて、うれしくてたまらないと顔に書かれている。

三人は決意もあらたに引きあげた。あとは空き家を借り、学校の生徒たちを説得して、シーツ類の縁をかがるだけだ。

「家具と壁紙の値段を調べてほしいな」パティは指示を出した。「わたしは賃貸のほうを担当するから。ソーダ水のカウンターで待ち合わせね」

銀行の先に事務所を構えた不動産屋さんを見つけた。空き家の持ち主だ。パティは我ながら感心してしまうめったにない取引の才能で、一カ月の家賃を九ドルから七ドルに値下げさせた。この偉業を達成すると、賃貸契約書をかわしたいとほのめかした。

「契約書は必要ないでしょう」不動産屋さんは言う。「毎月、口約束すればわたしはそれで結構ですよ」

パティはきっぱりと言った。「契約書なしなんて考えられません。あなたにあのコテージを売られでもしたら、引っ越ししないといけなくなります」

この紳士は愉快そうな表情で書面に必要なことを書きこむと、第一当事者として署名した。続いてパティにペンを渡し、あいたスペースに第二当事者の署名をするように伝える。

「わたしはまずパートナーたちと相談しないといけないんです」パティは説明した。

「ああ、なるほど！　その人たちにここに署名してもらってから、契約書をまた持ってきてください」

パティはだいぶ狭い空白を怪しむようにじろじろ見て質問した。「全員の署名ですか？　すみません、これじゃ足りないみたいです」

「パートナーは何人いらっしゃるんですか？」

「六十三人です」

不動産屋さんは一瞬パティの顔を見つめてから、コートの袖《そで》についた〝St. U.〟の縫い取りに目をとめ、頭をのけぞらせて笑った。

「これは失礼！　でも、少しびっくりしてしまったのです。これほど大人数さんとの取引には慣れておりませんで。法律的に有効とするには」不動産屋さんはまじめに説明する。「書類には契約の関係者全員の署名をしなければなりません。場所が足りなければ、貼《は》りつけるのですよ、その――」

「添付書類として？」パティは見当をつけて言った。

「その通りです」彼は重々しく丁寧に同意すると、お辞儀をしてパティを送りだした。

その夜、自習の終わりを告げる鐘が鳴ると、パティ、コニー、プリシラはすかさず立ちあがって全校集会を呼びかけた。ジェリングズ先生が退室してドアが閉められ、それから三十分かけて三人は別々に、それからいっしょになってスピーチをおこなった。パティたちは説得力のある語り手で、勝利を収めた。お小遣いの件は一票の反対もなく賛成でまとまり、生徒たちは列を作って賃貸契約書に署名した。

それからの二週間というもの、聖アーシュラ学園は大いそがしだった。月桂樹荘も同じだ。いつもの行動半径である〝囲い地〟は、特別にそのコテージを含める形に広げられたのだ。少女たちは毎日のレクリエーションの時間にグループにわかれて働いた。地下室は四人の小委員会が水しっくいで白く塗り、青い制服で足を踏み入れた少女たちは千鳥の卵みたいにまだらになって現れた。息子のタマスさんがこの仕事をやると言ってくれたのだが、少女たちはこれだけはゆずれなかった。彼には天井の塗り替えと壁紙貼りをお願いしたけれど、少女たちは床と木造の腰壁《こしかべ》のペンキは自力で塗った。夜の休み時間はもうダンスをせずに、少女たちはぎっしりかたまって階段に腰を下ろし、シーツやテーブルクロスの縁をかがった。コテージは家具がひとそろい収められた。かわいそうなフラニガンばあばは、結婚生活で一度もこんな家に住んだことはない。

クリスマス休暇の前日になにもかも準備が終わると、学園の生徒たちはみんなしてドアマットで靴を拭き、つま先立ちで最後の点検をしてまわった。このコテージには部屋が三つと地下室、隣に薪小屋があった。壁紙と応接間にかかっているチンツ生地のカーテンは、燃えるようなピンクのシャクヤクの花と、たっぷりした葉っぱをあしらった柄だ。自分の趣味からすると少しばかり派手すぎると感じる生徒もいたけれど、おじいさんとおばあさんは目が悪くなっていて、濃い色が好きだった。それに、前もってうまいこと質問し、〝サクヤク〟がおばあさんの好きな花だと探りだしている。キッチンにはトルコ赤のカーテンがかかり、暖炉の前に元気が出るようなラグを敷いてふたつの座り心地のいいロッキングチェアが置かれていた。地下室には学校農園から運んだ食料品のストックがたっぷり。これはサリー先生の寄付で、ジャガイモ、キャベツ、ニンジン、タマネギと、これから三カ月はアイリッシュシチューを作ることができる量だ。薪箱は満たされているし、五ガロン（二十リットル弱）入りの灯油缶まである。六十四組の目がひっきりなしにじろじろ見て、大切なものを忘れていないかたしかめた。

マーフィー家もフラニガン家も、老夫婦の引っ越しを提案されてから何日も浮き立っていた。タマスのおかみさんでさえも、新居の窓ガラス拭きをしようと名乗りをあげ、一週間は怒りっぽくなることもほとんどなかった。おじいさんは引っ越し前から、なにかにつけてどうも変だと感じたほどだ。いよいよそのときが訪れると、マーフィーのおかみさんはこっそりおばあさんのものを荷造りして、晴れ着で装《よそお》わせた。馬車でクリスマスパーティに向かい、おじいさんと夕食をとることになっているんだと口実をつけた。おばあさんはこれを聞いてうれしくて胸をおどらせた。おじいさんも同じように簡単な作戦によって、お出かけの準備をした。

パティ、コニー、プリシラはこの大計画の中心人物として、老夫婦への種明かし役を指名されていた。けれど気を配ってぐっとがまんし、その役目は息子であるタマスさんと娘であるマーフィーのおかみさんにかわりにお願いした。パティたちは暖炉の火が赤々と燃え、ランプにも火がともって、猫——猫までもいたのだ——が暖炉前のラグで眠っている様子を見ていた。そのとき、表から馬車の車輪の音がして、マーティンが乗客を連れて到着したとわかったから、三人はそっと裏口から抜けだし、雪まじりの薄暗がりのなかを夕食に間に合わせようと急ぎ足で学園に帰った。

三人は口々に質問された。

「ばあばは応接間の置き時計を気に入ってくれた？」

「おばあさんは保温皿の使いかたを知ってたかしら？」

「羽毛布団《ぶとん》じゃなくて、がっかりしてた？」

「猫は気に入ってくれたの、それともオウムのほうがよかったのかな？」（学園はこの重大な点について意見が真っぷたつにわかれていた）

その夜の夕食の席では——学園にまだ残っている者は——月桂樹荘のことばかりお

しゃべりした。少女たちはおじいさんとおばあさんのしあわせについても、自分たちが休暇に入ることでもわくわくだ。六十四人全員が、休暇からもどった最初の日に、ばあばの六つのカップでお茶を飲ませてもらうつもりでいた。

九時前になって、休暇中は夜更《よふ》かしを特別に許されているパティとプリシラは許可をもらい、コニー、そして十人の仲のいい友達が西行きの急行列車に乗るために駅に送ってもらうのに同行した。学園への帰り道、ふたりだけで霊柩車《れいきゅうしゃ》に乗ってクリスマス休暇のしばしのお別れの挨拶《あいさつ》がにぎやかだったことを思いだしておしゃべりしていると、月桂樹荘に差しかかった。

「おばあさんたち、きっとまだ起きているはずよ!」と、プリシラ。「ちょっと寄って、クリスマスおめでとうの挨拶をしましょう。家を気に入ってくれたか、たしかめたいもの」

マーティンは気さくに馬車をとめてくれた。彼のきびしいところもクリスマスでやはりゆるんでいる。パティたちはドアに近づいたけれど、明かりのもれる窓のなかの光景を目にして、ためらった。騒々しいクリスマスの挨拶でじゃまをするのは、愛しあうふたりだけのひとときを無作法に打ち破るように思えたからだ。ちらりと見ただけで、引っ越し祝いのパーティはうまくいったとわかった。ばあばとじいじは暖炉の前で、居心地のいい赤いクッションつきのロッキングチェアに腰を下ろしていた。ランプの明かりがふたりの晴れやかな顔を照らし、ふたりは手を取りあい、将来を楽しみにしてほほえんでいた。

パティとプリシラは忍び足でその場を離れ、また霊柩車に乗った。なんだかまじめになって物思いにふけっている。

パティは考えこみながら言った。「ねえ、おばあさんたちは宮殿に暮らす百万ドルと自動車の持ち主みたいに満足してるね！　ほんのちょっとしたことで人をしあわせにできるって、ふしぎじゃない？」

6 銀のバックル

「学園一どうしようもない女の子ふたりと、三週間も閉じこめられるなんて——」

「キッド・マッコイはそこまでじゃないよ」コニーはなぐさめた。

「あの人はまるで男の子じゃないの」

「でも、愉快な子だよね、パティ」

「スラングしか話さないし、がまんの限界を超えてるってわたしは思う！」

「まあ、それはともかく、ハリエット・グラッデンは——」

「あんなにめそめそしてる人はいなくて、あなたもそれはわかってるじゃない。わたしは墓石の上で泣きじゃくる天使と、もうすぐクリスマスを過ごすことになるのよ」

「あの人はとても陰気ね」プリシラは認める。「わたしは三回のクリスマス休暇を彼女と過ごしてきた。でも、とにかく、休暇は楽しくなるわよ。食事はいつも好きなだけ遅い時間にとれるし、ノーラはキッチンのこんろでキャンディを作らせてくれるから」

パティはぜんぜん心に響かず、ふん、といった感じで、荷物をもとにもどす作業に取りかかった。クリスマス休暇の荷造りで陽気に大騒ぎしたあとのことだ。ほかのふたりは黙って同情しながら手伝った。結局のところ、たいしたなぐさめの言葉はかけられない。クリスマス休暇中の学園は、我が家のさびしい代用品でしかなかった。プリシラは海軍将校の娘で、自宅がころころ変わるから、こうした経験はなれっこだった。けれど、今年にかぎってはうきうきとニューヨークのいとこたちを訪ねることになっている。あたらしいドレスを三着とあたらしい帽子をふたつ持って！　そしてパティは快適なプルマン車両の列車でほんの二時間のところに家があるというのに、学園に残ることとなった。六歳のトマス・ワイアットが間の悪いときを選んで猩紅熱《しょうこうねつ》にかかってしまったのだ。病状はとても軽かった。トミー坊ちゃんはベッドの上に起きあがり、鉛の兵隊のおもちゃが入った箱に夢中になっている。けれど、ほかの家族はそこまで快適ではなかった。自宅で隔離される者も、逆に家にもどれない者もいた。ワイアット判事はホテル暮らしとなり、校長に電報を打ち、休暇中はパティを聖アーシュラ学園に残すようお願いした。かわいそうに、パティは楽しくスーツケースに荷造りしていたところで、この知らせが届いたのだった。それで荷ほどきをしながら、タンスの抽斗《ひきだし》に涙を数粒こぼしてしまった。無理もない。

いつもなら、休暇中もたくさんの少女たちが学園に残る。西部や南部に自宅がある者たち、あるいは両親が海外旅行中だったり、離婚していたりする者たちだ。けれど今年はいつになく、そうした例が少なかった。パティはひとり〈パラダイス横町〉に残される。テキサス出身のマーガライト・マッコイは〈南部回廊〉のはしっこに取り残され、どこの出身かわからないハリエット・グラッデンは〈ヒバリ小道〉で十八室のスイートを使い放題というわけだ。この三人と教師四人で世帯全員だ。

ハリエット・グラッデンは五年たてつづけに聖アーシュラ学園で暮らしている。学期中も休暇中もずっとだ。脚と腕ばかりが目立つ、ひょろりとした十二歳の幼い少女としてやってきて、いまでは十七歳のひょろりと成長した少女になったけれど、あいかわらず脚と腕ばかりが目立つ。透明人間みたいな父親はちょいちょい学園広報誌に名前は出てくるものの、小切手をトレント先生に郵送してきて、それ以外はまったく連絡してこない。かわいそうなハリエットは陰気で、物静かで、無視された子供だった。周囲のわきたつような学園生活から完全に浮いている。

彼女は自宅から誕生日のプレゼントも、クリスマスのプレゼントも、ただの一度も届いたことがなく、学園が贈ってくれるプレゼントしかもらっていない。ほかの少女たちは郵便が届いたと騒いでいても、ハリエットはうしろのほうで黙って期待せずに立っていた。サリー先生が服を選んでいるけれど、基準はおしゃれではなく、実用性だ。ハリエットは誰がどう見ても、学園でいちばん野暮な服装をしていた。学園の制服でさえも、六十三のほかの制服とまったく同じものなのに、優雅さとはほど遠い感じで、粉袋みたいにだらりと垂れている。倹約家のサリー先生は先を見通して、長く着られるようにいつも大きすぎるサイズを注文し、ハリエットは身体《からだ》に合うようになる前に制服をすり切れさせてしまうのだ。

「ハリエット・グラッデンは夏休み中、いったいどうしているのかしら？」プリシラが以前、始業式の日にこう言ったことがある。

「先生たちは夏のあいだ彼女をずっと氷の上に置いておくんじゃないかな」これがパティの意見だった。「だから溶けきらないの」

じつは、これが先生たちのしたことにかぎりなく近かった。サリー先生は静かで、心地のいい、健全な農家を選び、農家のおかみさんにハリエットをまかせた。夏休みの三カ月が終わる頃には、ハリエットはどうしようもなくさびしくなって、もっとさびしいひとりぼっちの学期中を心待ちにしていた。

パティはある日、ふたりの先生たちがハリエットについて話し合っているのを耳にし、あざやかにそれを伝えた。

「ハリエットのお父さんは何年も娘に会ってないんだって。ここに放りこんで、学費を払っているだけだそうよ」

「お父さんがあの子を家に置きたがらないのも、無理はないかもね！」と、プリシラ。「そもそも家がないの。お母さんは離婚してから再婚して、パリ暮らし。だから、ハリエットは去年の学園のヨーロッパ旅行に参加できなかったんだって。お父さんは、あの子がパリに行ったらお母さんに奪われるんじゃないかって、心配したの。お父さんもお母さんも本当にあの子がほしいからじゃなくて、おたがいにいじわるしたいだけ」

プリシラとコニーは関心をかきたてられて身体を起こした。小説のなかでしかお目にかからないような悲劇の筋書きが、目と鼻の先で起こっていたのだ。

「わたしたちみたいにしあわせな家庭生活を送ってきた女の子には、ハリエットのような子供時代のせつなさは想像つきっこないよ」パティは感じ入りながら言った。

「ひどい仕打ち！」コニーが大声をあげた。「ハリエットのことをぜんぜん気にしないなんて、お父さんはとてもいやな人に違いないね」

「ハリエットはお母さんそっくりの目をしてるって」パティが説明する。「お父さんはあの子を見るのが耐えられないのよ。二度ともどらない、しあわせな過去を思いだしちゃうから」

「ウォズワース先生がそう言ったの?」ふたりは興味を抱いて声を合わせて質問した。

「言い回しはそのままじゃなかったけれど」パティは打ち明ける。「わたしはおおよその話をつなぎあわせたの」

この話には生き生きとした尾ひれがついて、あっという間に学園中に広まった。もしもハリエットが自分に割り当てられたロマンチックでもの悲しい役柄になりきることを選んでいれば、それなりの人気者になっていただろう。でも、ハリエットの性格には芝居がかったところがこれっぽっちもない。彼女はふさぎこむだけで、あいかわらず重苦しくて退屈だった。もっとわくわくする話題がみんなの注目を浴びると、ハリエットとそのみじめな子供時代は忘れられてしまった。

というわけで、パティはベランダに立ち、クリスマス休暇に帰省する子たちでいっぱいの最後の霊柩車《れいきゅうしゃ》に、またねと手を振ってから室内にもどった。とうとう、からっぽの三週間が始まる。気分が盛り下がったまま階段をあがろうとしたところで、マギーに呼びとめられて伝言を知らされた。「トレント先生が校長室でお話ししたいそうですよ、パティさん」

パティは回れ右して、最近やらかしたどの行動の言い訳をしないといけないんだろうと考えた。校長室に呼ばれるのはたいてい、嵐《あらし》が待っていますという意味だ。ところが驚いたことに、残った四人の先生たちがくつろいでお茶のテーブルをかこみ、四つの気さくなほほえみがパティを迎えてくれた。

「おかけなさい、パティ。お茶を召しあがれ」

校長は椅子《いす》を指さし、紅茶をお湯で三倍に薄めた。サリー先生は房べりのナプキンをパティに渡し、ジェリングズ先生はバタートーストを、ウォズワース先生は塩味のアーモンドを差しだす。パティはぼうっとなって目を点にしながら、勧められたものを受けとった。四人の先生にもてなされるなんて、前代未聞《ぜんだいみもん》と言わずにいられようか。気分がぐっと上向きになり、頭のなかでプリシラとコニーを楽しませるためにお話を組み立てた。ここまで手厚くされるのはなぜか考えるのをやめたとき、理由が見えてきた。

校長は言った。「残念ですね、パティ。今年はあなたの特別な友人が誰も残らなくて。でも、あなたとマーガライトとハリエットはとても楽しく過ごせるはずですよ。

朝食はふだんより三十分遅らせますし、行動範囲の規則も多少はゆるくなります。もちろん、あなたがたの居場所は、つねにわかるようにしておかねばなりませんがね。わたしは街でのマチネー観劇会の計画を立てましょう。それにサリー先生が農園に連れていって一日を過ごさせてくれますよ。氷はスケートができるほどの強さになっていますし、マーティンはソリも出してくれますから、滑るといいでしょう。できるだけ屋外で過ごすようにすることです。それから、あなたとマーガライトで、ハリエットに屋外のスポーツに興味を持たせてくれたら大変うれしいですね。ハリエットといえば――」

校長はちょっとだけ間をおいたから、洞察力の鋭いパティはとうとう呼びつけられた本当の理由が明かされると気づいた。お茶とトーストはきれいなラッピングでしかなかったのだ。少し怪しみながら耳を傾けると、校長は内緒話をするように声を落とした。

「ハリエットといえば、あなたに同情してやってほしいのですよ、パティ。あの子はまことにやさしくて純粋です。友人にしたら誰でも誇りにできる少女ですよ。けれども、人が多くて、いそがしくて、自分中心の集団ではときたま見られるように、なにかの手違いから、あの子は見過ごされて取り残されてしまいました。ハリエットはたいていの少女のように、たやすく自分をまわりに合わせることをしないようです。それで、あのかわいそうな子はとてもさびしい思いをしていることが、ちょくちょくあるのではないでしょうかね。あなたが彼女と仲良くなる努力をしてくれたら、どんなにありがたいことか。きっとあの子のほうでも、あなたに歩みよるはずですよ」

パティは礼儀正しい言い回しをいくつかつぶやくと、夕食前に着替えようと校長室から失礼した。ハリエットにはぜったいに、できるだけよそよそしくしよう。わたしの友情はお茶やバタートーストで買える商品じゃない。

三人の少女は自分たちだけで食堂のはしにあるキャンドルのともる小さなテーブルで食事をし、四人の先生たちはほどよく反対側のはしにある遠いテーブルに陣取った。

パティはできるだけ「へー」とか「そう」とかしか言わずに、食事を始めた。けれども、そんなのは世界に対する彼女の自然な態度ではなかったから、子牛の肉が運ばれる頃には(水曜日の夜だった)キッドの飾らない会話に心の底から大笑いしていた。ミス・マッコイの言葉は中西部地方の方言が多く、休暇中は思う存分そうした言葉を使っていた。学期中はスラングに一セントの罰金があるから、言葉遣いを制限しないとならない。さもないと、彼女のお小遣いはぜんぶ、罰金箱をふくらませることになっていただろう。

夕食の席での会話を好きなようにできるというのは、ほっとできた。いつもだったら、先生がひとりテーブルにつくから会話の範囲も決まってしまい、夕食にはきゅうくつな堅苦しさがつきものだった。平日の五日間は最初の三品までフランス語しか使えず、どの生徒も最低二回は話す決まりだ。だからフランス語の夜の食堂はにぎやかとは言えなかった。土曜日の夜は、朝刊の社説の自習から話題を集めた時事問題のディスカッションに割かれた（英語で）。聖アーシュラ学園では社説にたっぷり時間をかけられる人は誰もいなかったから、英語で話せる土曜の会話でさえも活気がなかった。けれど、日曜日には学園は埋め合わせをしてくれた。この日は安息日だからどんなことでも話していい。六十四羽のおしゃべりカササギがどんなにさえずったとしても、日曜日の夕食時の聖アーシュラ学園にくらべると静かなものだっただろう。

クリスマス前の四日間は思いがけず、あっという間に過ぎた。初日は吹雪で、それから日射《ひざ》しがきらきらと輝くお天気の三日間が続いた。マーティンがソリを出してくれて、少女たちはこれに乗りこんで冬でも緑の残る林へと滑った。村へのお使いもたくさんあったし、いつもとは違って先生がひとりもついてこないというめずらしさ自体が気分転換になる。

パティは仕方なくつきあうしかなくなったふたりの仲間が、意外にもつきあいやすいと気づいた。みんなしてスケート、ソリ遊び、雪合戦をした。パティが目を丸くして驚いたことに、ハリエットは活発そのものだった。クリスマスイヴには、学園が昔からお世話になっている人たちにクリスマスのバスケットを届けるマーティンと外出した。帰り道には元気ではちきれそうになり、三人で二キロぐらいをソリのうしろにつかまり、転んでは走ってまたつかまってを繰り返し、最後には通用門そばの大きな雪だまりに頭から突っこんだ。池からあがった子犬みたいにぶるぶると服から雪を払うと、大笑いして、はしゃぎながら肩を寄せあって室内へと走る。ハリエットの頰は雪とこすれて赤く染まり、いつもきっちりまとめられた髪は顔のまわりでもつれ、大きな黒い目から悲しみにしずんだところがなくなっていた。陽気で、いたずらっぽくて、少女らしい目になっている。ただかわいいというだけではなく、人の目を引かずにいられない、野性的でめったにいないようなジプシーめいた美人だ。

「ねえ」一階のホールで長靴やふくらはぎカバーを脱ぎながら、パティはキッド・マッコイにささやいた。「ハリエットを見て！　きれいじゃない？」

「やっぱ！」キッドはつぶやいた。「彼女、見た目をちゃんとするってことがわかれば、学園一のとびきりの美女になるよ」

「そうさせよう！」と、パティ。

階段のいちばん上で、金槌《かなづち》とノミを手にしたオオサキに出会った。

「箱をふたつ開けましたよ。ひとつはマーガライト・マッコイさんあて。もうひとつはパティ・ワイアットさんあてです」

「きゃっほう！」キッドは叫び、〈南棟〉の自室へ全速力で走りはじめた。

キッド・マッコイへのクリスマスボックスは、たとえれば、あり得ないほど大量のデザートが出てくるようなもので、贅沢《ぜいたく》なあたらしい品々がぎっしり詰めこまれている。彼女にはひとりものの後見人がいて、その人は正気とは思えない気前のいい発作を起こしがちで、マーガライトは質素な趣味を持つ女生徒でしかないのですよと、校長がいつも彼に注意をうながす始末だった。幸運なことに、彼は翌年のクリスマスまでにはその注意をいつも忘れてしまうのか、はたまた、キッドを知り抜いていて校長の注意を信じていないのか、同じような箱が届きつづけている。

パティもあっさり〈パラダイス横町〉へ行きかけたけれど、さびしそうなハリエットがゆっくりと、薄暗い〈ヒバリ小道〉をとぼとぼと歩く姿に目をとめた。駆けもどってハリエットの肘《ひじ》をつかむ。

「おいで、ハリー！　わたしの箱を開けるのを手伝ってよ」

ハリエットは急にうれしくなって、顔をぽっと赤らめた。五年半の学校生活において、ニックネームで呼ばれる名誉にあずかったのは、これが初めてだったのだ。それでかなり熱心にパティに続いた。自分がクリスマスのプレゼントをもらう次にいいことは、友人がプレゼントを開ける場にたちあうことだ。

それは大きなましかくの木箱で、小さめの箱や、ヒイラギの枝をあしらったリボンを結んだ包みが縁までいっぱいに入って、どの隙間《すきま》にも愉快に驚かせるものが詰めこんであった。これを見ただけで、どんな家から届けられたものか、ジョークとナンセンスと愛に満ちたところだと想像できる。

「家から離れて過ごすクリスマスはこれが初めてなの」そう言うパティの声は震えているようだった。

けれど、しんみりしたひとときは長くはつづかなかった。なにが入っているのか調べることに夢中で、ほかの気持ちにかまっていられなかった。ハリエットはベッドのはしに腰を下ろして黙ってながめ、パティは床じゅうに薄い包み紙や真っ赤なリボンを陽気にまきちらしていく。包みを開けると、手袋、本、アクセサリーとさまざまなプレゼントが入っていて、それぞれに愛情のこもったメッセージがついている。料理人さえもおしゃれな飾りつけをしたクリスマスのケーキを焼いてくれた。そして幼いトミーは、お菓子がいっぱい詰まったゾウに、右肩上がりのおぼつかない活字体で〝しんわいなるおねいちゃんへ、トムより〟と書いた札をつけていた。

パティはしあわせな気分で笑い声をあげると、口にチョコレートをひとつ放りこみ、ハリエットの膝《ひざ》にゾウをふわりと投げた。

「ここまで手間をかけてくれるなんて、みんないい人たちよね？　ねえ、たまには家を離れるのも悪くないかも、こんなに自分のことを思ってくれるんだもの！　これは母からよ」パティはそう言い、ドレスメーカーの大きな箱の蓋《ふた》を開け、ピンクのちりめん生地のかすみのような舞踏服をかかげた。

「文句なしに素敵じゃない？　しかも、あたらしいドレスはちっとも必要なかったの！　必要のないものをもらうのって、うれしくてたまらないよね？」

「もらったことないから」と、ハリエット。

パティはすでに次の包みのことしか目に入っていなかった。

「父さんより、ありったけの愛をこめて」と、読みあげる。「やさしいパパ！　いったいなにが入っていると思う？　母がアドバイスをしていればいいなあ。父はプレゼント選びとなるとどうしようもないポンコツで、母の助けがないと――まあ！」パティは金切り声をあげた。「ピンクの絹のストッキング、それに同じ色の舞踏靴よ。そして、このとてもきれいなバックルを見て！」

ハリエットがよく見えるように、ピンクのサテンの舞踏靴を差しだした。最高に優雅な銀のバックルと、しびれるようなフランス風のヒールつきだ。

「わたしの父ってかわいいでしょ？」パティはタンスの上にある威厳たっぷりでいかにも判事らしい写真へ陽気に投げキッスをした。「舞踏靴を勧めたのはもちろん母よ。でも、バックルとフレンチヒールは父自身の考えね。母はわたしに地味な格好をさせたがるし、父は派手な格好をさせたがるの」

パティが鏡の前でピンクのドレスをあて、色が似合うかたしかめることに夢中になっていると、ふいに泣き声が聞こえた。振り返るとハリエットがベッドに身体を投げだし、枕《まくら》をつかんで大泣きしている。パティは目を丸くして見つめてしまった。自分は人前でここまで感情を爆発させることはないから、どうしてこうなったのか想像もできなかった。ハリエットがばたつかせる足の届くあたりからピンクのサテンの舞踏靴を動かし、落ちたゾウや散らばったチョコレートを拾い集め、大洪水が過ぎ去るまで腰を下ろして待った。

「どうしたの？」ハリエットの大泣きがむせぶような息遣いになったところで、パティはおだやかにたずねた。

「わたしの父は、ぎ、銀のバックルなんか贈ってくれなかった」

「遠いメキシコにいらっしゃるからよ」パティはなんとか言葉を探してヘタなりになぐさめた。

「父はなにも贈ってくれないの！　わたしのことを知りもしない。道で会っても、わたしだとわかりっこない」

「まあ、わかるに決まってるよ」パティは説得力のない気安めで安心させようとした。

「あなたはわたしと出会ってから四年間でちっとも変わってないんだから」

「それに父がわたしのことを知っても、好きになるはずがないんだわ。わたしはかわいくないし、服もいつもおかしいし――」ハリエットはまた泣きだす。

パティは少し考えこんで黙ったまま見つめてから、あたらしい方針で行くことにした。片手を伸ばしてハリエットをぶんぶんと揺さぶった。

「お願いだから、泣くのはやめて！　あなたのお父様がいやがるとしたら、そこよ。目の前でずっとめそめそされたら誰だってうんざりするもの」

ハリエットは涙をこらえてパティを見つめた。

「あなたが泣いているとどう見えるか、あなたに見せたい！　涙でシマシマになってるんだから。こっちに来て！」パティはハリエットの肩をつかんで、鏡のほうを向かせた。「こんながっかりする顔、見たことある？　でもね、あなたが泣きはじめる前には、あなたってなんてきれいなんだろうって思っていたところだったの。お世辞じゃないから。あなたはわたしたちの誰にも負けないくらいきれいになれるよ、自分でそうするって決めさえすれば——」

「いいえ、なれない！　わたしは昔からみっともないの。誰もわたしを好きじゃなくて——」

「それは自分のせいだよ！」パティは鋭く言う。「アイリーン・マカルーみたいに太ってるか、エヴァリーナ・スミスみたいにあごがないような顔をしていたら、理由って言えるものがあるかもしれない。でも、あなたにはぜんぜん問題なんかないもの、そんなに泣き虫だってことを除けばね！　いつも泣いていて、そんなあなたを永遠に慰めてると疲れてきちゃう。わたしが正直に話してるのは、あなたのことが好きになってきたからだよ。好きじゃない人に、わざわざ言いにくい本当のことなんか話さない。コニーとプリスとわたしがこんなに仲がいいのは、おたがいの悪いところについて、いつもずばり本当のことを話すから。そうすれば、直せるもの——だから、わたしたちはこんなにいい感じなの」パティは控えめにつけたした。

ハリエットは口をぽかんと開けて座っている。驚きすぎて泣くこともできない。

「それに、あなたの服はたしかにひどい」パティは調子が出てきて話を続けた。「サリー先生に選ばせてはだめ。サリー先生はいい人よ、大好き。でも、服についてはウサギと同じくらいの知識しかない。先生の服装を見たらわかるよね。それから、あなたはそんなに堅苦しくなければ、ずっといい感じになれるよ。ほかのわたしたちみたいに、笑っていれば――」

「おもしろいと思わないのにどうして笑えるの？　みんなのジョークはとてもつまらなくて――」

それ以上、話すことはできなかった。キッド・マッコイが騎馬隊みたいにうるさく足音を鳴らして、廊下をやってきたからだ。毛皮の襟巻きと真珠のネックレスで着飾り、マーチングバンドのリーダー風に見立てて、手を温めるはずのマフを頭にかぶっている。レースのハンカチと彫りのある象牙《ぞうげ》の扇子がブラウスのポケットから突きだし、肩をふわりと包むのはピンクのシフォンのスカーフ。手首には東洋のブレスレットをはめ、銀をあしらったメキシコの鞍《くら》を両手で抱えていた。テキサスの平原ならばふさわしいけれど、聖アーシュラ学園近隣の整った田舎道にはぜったいに似合わないタイプのものだ。

「後見人ちゃん、でかしたぞ！」キッドは叫びながら鞍にまたがった。「彼はピカイチ、サイコー、かわいこちゃん。こんなすんばらしい鞍とか見たことある？」
キッドは背もたれを前にして鞍ごと椅子にどさりとまたがり、ピンクのシフォンのスカーフを手綱に早変わりさせ、駆け足を始めた。

「進め！　どうどう！　ほい、そこ！　道をあけてくれ」

ハリエットはぶつかられないように飛びのき、パティは暴れ馬の通り道からピンクのドレスをひったくった。みんなして笑いころげながらきゃーっと叫ぶ。目に涙をためたハリエットでさえもだ。

「それでいいの！」パティは突然、浮かれ騒ぎをやめて言った。「自分を抑えないでさらけだせば、笑うのなんて簡単。キッドは別におもしろくはないよね。とにかく、くだらないだけだよ」

キッドは馬をとめさせた。

「あたしはこういうのが好きなんだもんね！」

「本当のことを言ってごめん」パティはちゃんと謝った。「説明のためにあなたを使わせてもらっちゃった――しまった！　鐘よ！」

パティは片手でブラウスのひもをほどきはじめ、もう片方の手でお客様たちをドアの外へ押しだした。

「急いで着替えたら、もどってきてドレスの背中のボタンをとめるのを手伝って。今夜、間に合うかどうか、大注目されてるはず。休暇に入ってから、わたしたちはどの食事にも遅れてるもの」

少女たちはクリスマスの朝、ソリ遊びをして過ごした。今回、昼食には間に合った――お腹《なか》がぺこぺこだったのだ！

食事のなかほどで、オオサキが電報を持って現れ、校長に手渡した。校長はびくりとして驚きながらそれを読むと、サリー先生に手渡し、サリー先生は眉《まゆ》をあげてウォズワース先生に手渡し、ウォズワース先生は見るからにはらはらした様子となった。

「いったい、なんだろうね？」キッドがふしぎがる。

「ローディが駆け落ちして、あたらしいラテン語の先生を探さないといけなくなったとか」というのがパティの読みだった。

三人の少女がテーブルをあとにするとき、校長がハリエットを呼びとめた。

「ちょっと校長室に寄ってください。電報が届いて――」

パティとキッドはしきりにふしぎがりながら、階段をあがった。

「悪い知らせのはずはないよね。サリー先生はにこにこしていたから――」パティは考えこむ。「でも、ハリエットに起こりそうな、いい知らせなんか思いつかない」

十分後、階段に足音が響き、ハリエットが大興奮しながらパティの部屋に飛びこんできた。

「来るの！」

「誰が？」

「わたしの父が」

「いつ？」

「いますぐ――今日の午後に――仕事でニューヨークに来て、クリスマスだからわたしに会いに来るって」

「わたし、とてもうれしい！」パティは心からそう言った。「ほら、お父様がこれまで来られなかった理由がわかったよね。遠いメキシコにいらっしゃったから」

ハリエットは急にしょげ返って、首を振った。

「父は義務だと思っていそう」

「なにを言ってるの！」

「だってそうだもの。父はわたしのことなんかどうでもいい――本当よ。父はあなたみたいに、陽気でかわいくてかしこい女の子が好きなのよ」

「うーん、だったら――わたしみたいに、陽気でかわいくてかしこくなって、って」ハリエットの目は鏡を探し、みるみる涙をためた。

「あなたって、どうしようもないおバカさんね！」パティはさじを投げたように言った。

「この緑のワンピースを着たわたしはとても変に見える」と、ハリエット。

「そうね」パティはしぶしぶ認めた。「その通り」

「スカートは短すぎて、ウエストはぶかぶかだし」

「それに袖《そで》もなんだかおかしい」パティは言う。

こうしたがっかりするような事実に直面して、パティの熱気は覚めてきた。

「お父様は何時にいらっしゃるの？」

「四時よ」

「だったら、わたしたちには二時間あるね」パティはやる気を取りもどした。「二時間あれば、たくさんのことができるものよ。あなたがもう少しわたしのサイズに近ければ、あたらしいピンクの舞踏服を着ることができたけれど、残念ながら――」だめだろうなあと思いながらハリエットの長い脚をながめる。「そうだ！」気前のよさを発揮して言いたした。「ウエストのタックの縫い込みをほどいて、裾《すそ》あげは下ろしちゃおう」

「まあ、パティ！」ハリエットはドレスを台なしにすることをおそれて、また涙目になった。けれど、パティはどんな目的であっても熱意に火がつけば、ほかのことなど気にしない。あたらしいドレスがクローゼットから取りだされ、縫い目をほどく作業が始まった。

「それから、キッドのあたらしい真珠のネックレスとピンクのスカーフ、それにわたしの絹のストッキングと舞踏靴を身につけたらいいよ――サイズが合えばね――それに、たしか、コニーがレースのペティコートを置いていったはず。洗濯からもどってきたのが荷造りには間に合わなかったの。ほら、キッドも来た！」

ミス・マッコイもパティに賛成し、十五分後には、でもやっぱりと反対したり、興奮したり、たまに涙を流すハリエットを学園一の美女に変身させる作業がにぎやかに進められた。キッド・マッコイは手に負えない男まさりの女の子と思われているが、この緊急事態に昔ながらの女性らしさを見事ひっぱりだした。腰を下ろすと、パティの爪《つめ》切りばさみで四十五分をかけて辛抱強く縫い目をほどいたのだ。

一方、パティはハリエットの髪に目を向けた。

「こんなにきつく、まとめてはだめよ」そう注文をつけた。「モンキーレンチでぎゅうぎゅうに締めたみたいに見える。ほら！　櫛《くし》をちょうだい」

パティはハリエットを椅子に座らせ、首のまわりにタオルを巻きつけると無理やり髪をセットした。

「これでどう？」パティはキッドにたずねた。

「いけてるぞ！」キッドはまち針を口いっぱいにくわえたまま、もごもごと答える。

ハリエットの髪は顔のまわりでゆるやかに波打たせ、ピンクのリボンを頭に巻いて蝶《ちょう》結びにした。リボンはコニー・ワイルダーのもので、これまではベルトに使われていたが、個人の所有権については、大きな目的の前では目をつぶってもらうことにした。

舞踏靴とストッキングはやはり小さすぎるとわかり、パティはピンクの靴を掘りだせないかとむなしい願いを胸に、必死になって不在の十数人の友達のタンスをひっかきまわした。最後には、ハリエット本人のシンプルな綿の靴下とエナメル革のパンプスという格好をしぶしぶ認めるしかなかった。

パティはハリエットを安心させた。「でも結局、黒い靴を履くほうがあなたにはいいよね。ピンクを履くとあなたの足は目立ちすぎるだろうから」あいかわらず本当のことをずばずば言える気分だった。そこで叫んだ。「そうだ！　靴にわたしの銀のバックルをつけるといい」そしてピンクのサテンの土台から荒っぽくバックルをむしりはじめた。

「パティ！　やめてったら！」ハリエットはあたらしい靴をだめにする様子を見て息をのんだ。

「あなたの衣装にかかせない最後の仕上げよ」パティは惜しみなく破壊の作業を続ける。「お父様がこのバックルを見たら、あなたは美人だって思うから！」

それから一時間、熱心に仕事をした。できるかぎりのことをして、ハリエットを見事、りっぱに装《よそお》わせた。〈パラダイス横町〉のどの部屋も着付けに貢献だ。ヘスター・プリングルのタンスのいちばん上の抽斗に残っていたレースの縁取りのハンカチまでも使われた。都合よく、〝H〟の手縫いの刺繡《ししゅう》がある。ふたりはハリエットを鏡の前でくるりとまわらせ、手抜かりはないか点検し、すばらしい出来映えだと目に誇らしさを浮かべた。キッドの予言は的中し、ハリエットは学園一のとびきりの美女に変身した。

アイルランド生まれでせっかちなマギーがドアに現れた。

「ミスター・グラッデンが応接間においでですよ、ハリエットさん」彼女は口ごもり、目をみはった。「おやまあ、なんてべっぴんさんですか、あなただとわからなかったですよ!」

ハリエットは笑い声をあげて応接間に向かった。目には闘志を浮かべている。パティとキッドは落ち着かないまま、この突然の蝶の舞いのような出来事が〈パラダイス横町〉に引き起こした散らかり具合のかたづけに取りかかった。大イベントの最高潮に到達したあとで、物事を正しい状態にもどす作業はいつだって退屈なものだ。

一時間後、ふいに軽やかなパタパタという足音が廊下に響き、ハリエットが駆けこんできた。いや、踊るように入ってきた。目を輝かせている。若さとしあわせとわきたつような気分を絵に描いたようだった。

「どうだった?」パティとキッドは同時に叫んだ。

ハリエットは手首を差しだし、とても小さな時計のはまったゴールドのブレスレットを披露した。

「見て!」そう叫ぶ。「父がクリスマスにと持ってきてくれたの。そして、これからはわたしがほしい服を全部買うことができて、サリー先生は二度と服を選ばない。それからね、父は今夜、夕食までここに残って、いつもの小さなテーブルでわたしたちと食事をするの。そして次の土曜にはわたしたちを昼食とマチネー観劇に街まで連れて行ってくれて、奥方様も行っていいって言っているのよ!」

「ひゃっほう！」と、キッド。「あれだけ苦労したかいがあったね」

「そしてこんなことがあると思う?」ハリエットは少しあがった息を整えた。「父はわたしのことが好きなの！」

パティは言った。「銀のバックルが、お父様の心をつかむお守りになるってわかってた！」

7

〝ボビーおじさん〟

クリスマスの翌日、聖アーシュラ学園の者たちが遅い時間の朝食をぐずぐずととっていると、郵便物にまじって一通の手紙が届いた。パティにあてた母親からのものだった。トミーの猩紅熱《しょうこうねつ》についてのほっとする知らせや、休暇中の学園がさびしすぎないよう祈るということが書かれていた。そして最後に、ミスター・ロバート・ペンドルトンが仕事でそちらの街を訪ねるから、聖アーシュラ学園までひとっ走りして、わたしのかわいい娘の様子を見てくると約束してくれたとあった。

パティは最後の部分をハリエット・グラッデンとキッド・マッコイ（洗礼名はマーガライト）に読んで聞かせた。食堂の目立たない隅っこでいっしょにテーブルをかこんでいるのは、三人の〝居残り組〟生徒だけだ。

「ミスター・ロバート・ペンドルトンって誰？」キッドが自分に来た手紙から顔をあ

げてたずねた。

「わたしが小さかった頃、父の個人秘書をしていた人。いつも彼のことをニックネームで〝ボビーおじさん〟って呼んでたの」

キッドは自分の手紙に視線をもどした。実物でも架空の存在でも、おじさんという種族にぜんぜん関心がない。でも、パティは昔を懐《なつ》かしむ気分になって、気を逸《そ》らすような手紙がないハリエット相手におしゃべりを続けた。

「その後、父のもとを離れて、自分で仕事を始めたの。最後に会ってからずいぶんたつけれど、とにかくとてもいい人だったな。こまってるわたしを助けるのにかかりきりになってくれて——父の陳述の原稿を書いていないときは。わたし、ビリー・ボーイという山羊《やぎ》を飼っていて、大変だったんだよ」

「結婚されてるの？」と、ハリエット。

「んー、いいえ、してないんじゃないかな。若い頃に失恋して傷ついたんだと思う」

「愉快になってきたぞ！」キッドがふたたび口をはさんで叫んだ。「まだ傷ついてるの？」

「たぶんね」パティは言う。

「彼って何歳？」

「ぜんぜんわからないな。今頃はだいぶ歳《とし》がいってるはず」(パティの口ぶりは、彼がよろよろとお墓の縁に足をかけていると言わんばかりだ)。「最後に会ったのが七年前で、そのときはもう大学を卒業していたんだし」

キッドはこの話題にかかわるのをやめた。いくら失恋していても、お歳を召した男性にはちっとも興味がない。

その日の午後、三人の少女たちがパティの部屋に集まり、牛乳とパンとバター(ここまでは学園が用意してくれたもの)、それにフルーツケーキ、キャンディ類、オリーブ、詰め物をしたプルーンといった消化しきれない量の午後四時のお茶を楽しんでいると、速達便の人が遅れてあずけられたクリスマス・プレゼントの配達にやってきて、そこにパティあての細長い包みがまじっていた。包装紙を破りあけると、メモと白い厚紙の箱が入っていた。パティは声に出して読みあげ、ほかのふたりは肩越しにこれをのぞいた。パティはいつも、近くにいる人とは出し惜しみしないで経験をわけあう。

親愛なるパティ
きみがお仕置きされても当然のところを何度も助けた〝ボビーおじさん〟を忘

れてしまったかな？　いまではりっぱな少女に成長して、寄宿学校に入るほどの年齢になったんだね！

木曜の午後、きみに会いに行きます。また、同封したクリスマスの贈り物をどうか受けとってください。自宅から離れて過ごさねばならなくても、きみが楽しい休暇を送っていることを祈っています。

きみの古い遊び仲間
ロバート・ペンドルトン

「中身はなんだと思う？」パティはそうたずね、箱のゴールドのひもをほどきにかかった。

「花かお菓子だったらいいけれど」ハリエットは答えた。「サリー先生に言われるものね、それ以外はふさわしくないって――」

「あたしの見立てでは、バラの〈アメリカン・ビューティー〉」キッド・マッコイも意見する。

パティはにっこりした。

「男性から花をもらうって素敵じゃない？　すっかり大人になった気分！」

蓋《ふた》を開けてたっぷり詰められた薄紙をどけると、青い目のほほえむ人形が現れた。三人の少女たちは一瞬ぽかんとしてこれを見つめた。続いてパティはずるりと床に滑りおり、両手で覆《おお》った顔をベッドに押しつけて、笑い声をあげた。

「これは本物の髪よ！」ハリエットは薄紙の寝床から人形をそっと持ちあげ、こまかく観察した。「服の脱ぎ着ができて、目が開いたり閉じたりする」

「ウオーーー！」キッド・マッコイは叫び声をあげ、タンスから靴べらをつかむと、インディアンの戦闘の踊りを始めた。

パティは大笑いをどうにか抑え、あたらしい宝物が髪ごと頭の皮をはがされる危機から救おうとした。しっかり助けだして人形をぎゅっと抱きしめると、人形はくちびるをひらいて感謝を表しこう言った。「ママー！」

三人はますます笑ってしまった。じたばたしながら床を転がり、とうとう疲れて息があがった。自分のプレゼントが聖アーシュラ学園に取り残された三人にどれだけの楽しさをもたらしたことか、ボビーおじさんが目撃できれば、きっと満足しただろう。

三人はその日ずっと、そして翌日の朝までも笑いつづけていた。午後に、パティはなんとか自制心を取りもどし、ボビーおじさんの来訪についてまじめに手続きをできるくらいにはなった。

ふだんならば、聖アーシュラ学園への訪問者は試練を受けることになる。親の手紙で身元を保証された上ではるばる足を運び、続いて、警戒するお目付役の先生たちがよしと認めなければならない。サリー先生が訪問の最初の三十分は応接間にとどまるけれど（これは一時間になることもある）、その後は引きあげることになっている。ところが、サリー先生は人づきあいが大好きだから、帰らないのはしょっちゅうだった。訪問された側のかわいそうな生徒は隅っこで黙って座り、くちびるにはほほえみを浮かべながら、心のなかでは反抗心を燃やし、サリー先生が訪問者のおもてなしをしている、といった具合だったのだ。

けれど、休暇中はルールというものが、ややゆるくなっていた。ボビーおじさんが訪れる日は幸運なことに、サリー先生は八キロ先で、学校農園のあたらしい温室ビニールハウスの設置を仕切っていた。校長とウォズワース先生とジェリングズ先生は村で集まりに参加することになっていたし、ほかの先生たちはみんな休暇で学園を離れている。パティはひとりでお客様を迎えるように、そしてお作法を忘れずに、おじさんにも少し話をさせるように申しつけられた。

おかげで、パティは一晩かけてたくらんだ、とんでもない計画を好きなように実行できることになった。ハリエットとキッドもノリノリで手伝ってくれて、三人はその日の午前中を使い、役柄の作り込みに入った。そして〈赤ちゃん寮〉の襲撃にも成功した。十五人の幼い少女たちが、十五のアルコーブに置かれた白くて小さな十五台の子供用ベッドを使う棟だ。固く糊《のり》のきいた白いセーラー服の上下が見つかった。広がった青いリネンの襟がついて、下はぎょっとするほど短いプリーツスカートだ。キッド・マッコイはこの服にぴったりの青と白の靴下を見つけだして大はしゃぎしたけれど、あまりにも小さいとわかった。

「どちらにしても、見映えがよくなかったかな」パティはあきらめて言う。「わたし、片膝《かたひざ》にひどいすり傷があるから」

かかとがゴムの体操用の靴をはくと、百五十センチちょっとの身長がいつもより二、三センチ低くなった。午後の早い時間は、ほどいた巻き毛をなんとか落ち着かせ、左耳の上に目立つ青い蝶《ちょう》リボンをつけた。支度が終わると、晴れた朝に公園ではねまわっているような愛らしく幼い女の子になっていた。

「彼にキスされたらどうする?」キッド・マッコイがたずねた。

「笑わないようにするね」と、パティ。

パティはおじさんを待つ十五分をリハーサルにあてた。お客様が下にいらしてますよとマギーが知らせてくる頃には、完全に役柄になりきっていた。キッドとハリエットは最初の踊り場までついてきて、そこにとどまって手すりから身を乗りだし、パティは人形を抱っこして応接間に下りていく。

照れながら部屋に入ると、片足を引いてお辞儀をしてから、おずおずとのっぽの若い紳士に手を差しだした。彼は立ちあがって、パティを出迎えた。

「ごきげんよう、ウバートおじさん？」パティは舌足らずにしゃべる。

「これはこれは！　これがあの小さかったパティかい？」

おじさんはパティのあごに手をあて、上を向かせてもっとじっくりながめた。ミスター・ペンドルトンはありがたいことに、やや近視らしい。パティは目を見ひらいてむじゃきな赤ちゃんのようにすると、素直に笑いかえした。

「大きくなったね！」おじさんは父親みたいによろこんで言う。「ぼくの肩に届くほどじゃないか」

パティは座面の広い革張りの椅子《いす》に深々と腰を下ろし、澄まし顔で背筋をのばして足は前にまっすぐ突きだすと、人形を抱きしめた。

「本当にあんがとう、ボビーおじさん。とてもきれいなお人形ね！」パティはほほえむビスク焼きの人形のくちびるにチュッとキスをした。

ボビーおじさんは満足しきってこれをながめている。パティが幼いながらに母性本能を見せたことが気に入ったらしい。

「その子にどんな名前をつけるつもりだい？」

「決められないの」パティはこまったように彼を見あげる。

「パティ・ジュニアはどうかな？」

彼女はその提案をことわった。その後、ふたりはようやくアリスとすることに決めた。『不思議の国のアリス』からとったのだ。この話題がすっきりかたづくと、ふたりは落ち着いて会話を始めた。おじさんはロンドンで見たクリスマスのパントマイムのことを話した。まだ幼い少年少女が役者をつとめたそうだ。

パティは興味しんしんで耳を傾けた。

「そのお芝居の物語が入ったおとぎ話の本を送ってあげるよ」おじさんは約束した。

「カラーの挿絵があるんだ。だから、きみも自分で読めるよ。もちろん、字は読めるよね？」彼はそう言いたす。

「あら、ええ！」パティはとがめるように答えた。「字はずっと前から読める。どんなものだって読めるの――大きな活字体で書いてあれば」

「なるほど！　きみも大きくなったねえ！」と、ボビーおじさん。

ふたりは昔話を始め、話題は山羊のビリー・ボーイのことになった。

「ビリーが自分の縄を食べちゃって、教会に行ったときのことを覚えてる？」パティは当時を思いだしてえくぼができた。

「覚えているとも！　あれはぜったいに忘れないよ！」

「そしていつもは教会に行かない言い訳を見つけるお父しゃまなのに、あの日曜日にはお母しゃまが行かせたものだから、ビリー・ボーイが得意そうに笑ったような顔で、側廊を歩いてくるところを見て――」

ボビーおじさんは頭をのけぞらせて笑った。

「判事は卒中の発作を起こすかと思ったよ！」

「でも、いちばん愉快だったのは」と、パティ。「あなたとお父様がビリーを外に連れだそうとしたところ！　あなたは押して、お父様は引っ張るものだから、最初ビリーは急にとまってしまって、それから頭突きしてきた」

パティは突然、舌足らずにしゃべるのを忘れていたと気づいたが、ボビーおじさんは昔話に夢中で、そんなことに気づいていないようだ。パティは目立たないようにふたたび役柄を演じた。

「そしてお父しゃまは縄が切れたことで、わたしを叱《しか》ったの。わたしはぜんぜん悪くなかったのに！」パティは悲しげにくちびるを震わせてつけ足した。「そして次の日、ビリー・ボーイは処分されちゃった」

そのときを思いだし、パティはうつむいて、抱きしめた人形に顔を押しつけた。ボビーおじさんがあわててなぐさめる。

「気にしないんだよ、パティ！　たぶん、いつかまた山羊が飼えるよ」

パティは首を振り、いまにも泣きだしそうになった。

「いいえ、無理！　ここでは山羊を飼わせてもらえない。それにわたしはビリー・ボーイをとてもかわいがっていたの。あの子がいなくてとてもさびしい」

「ほらほら、パティ！　もう大きな女の子なんだから、泣かないんだよ」ボビーおじさんはやさしく気遣い、巻き毛をなでてくれた。「来週のいつか、サーカスに行こうじゃないか？　たくさん動物を見よう」

パティは元気になった。

「ゾ、ゾウもいる？」そうたずねた。

「何頭かいるはずだよ」おじさんはうけあう。「そしてライオンにトラにラクダ」

「わあい！」パティは手をたたき、泣きながら笑った。「ぜひ、行きたいです。本当に、本当にあんがとう」

三十分後、パティは〈パラダイス横町〉の友人たちのもとにもどった。人形を相手に船乗りのホーンパイプを少し踊ってみせてから、ベッドのまんなかにどさりと身を投げだし、笑いながら垂れた巻き毛の隙間《すきま》からふたりの友人たちを見あげた。

「彼がなんて言ったのか教えてよ」キッドが頼みこむ。「あたしたち、首が根っこから抜けそうになるくらい手すりから身を乗りだしたのに、なんにも聞こえなかったよ」

「彼はあなたにキスしたの？」と、ハリエット。

「い、いいえ」少し残念そうなパティの口ぶりだ。「でも、頭をなでてくれた。子供にとてもやさしいの。会えば、幼稚園の先生になる勉強をした人だって思うかも」

「あんたはなんの話をしたのよう？」キッドが熱心にたずねる。

パティは会話のあらましを伝えた。

「そして来週の水曜にわたしをサーカスに連れていってくれるの」こう締めくくった。

「ゾウを見るために！」

「奥方様が行かせてくれないでしょ」ハリエットが異議を唱える。

「あら、行かせてくれるって！　自分のおじさんとサーカスに行くのは、どこから見てもおかしくないことだもの。休暇中ならなおさら。手はずは全部決めたんだ。わたしはワディと街に行く。歯医者の予約があるって言ってるのを聞いたのよね。おじさんが駅で待っているから、そこから二人乗り馬車でサーカスに行くの」

「乳母車じゃなくてか」キッドがすぐにやじを入れた。

「ウォズワース先生はそんな服装じゃ、ぜったいにあなたを街に連れていってくれないわよ」ハリエットがまたもや異議を唱える。

パティは膝を抱えて身体《からだ》を前後に揺らした。えくぼは現れたり、消えたりしている。

「あのね、今度はおじさんにぜんぜん違う印象をあたえるつもり」

パティはそれを実行した。

サーカス行きを楽しみにしながら、パティはスーツを仕立屋に送り、スカートの裾《すそ》を五センチ長くさせた。午前中いっぱいかけて、帽子をもっと大人っぽいラインに整え、ヴェールを買った——水玉模様の！　さらに二十五セントを使ってヘアピンを手に入れ、頭のてっぺんで髪をアップにする。さらにキッド・マッコイのクリスマス・プレゼントの毛皮の襟巻きとハリエットのブレスレット風腕時計を身につけ、ふたりから大人に見えると勇気づけられ、少々とまどっているウォズワース先生と出かけた。

街に到着したとき、すでにウォズワース先生の予約の時間に少しだけ遅れていた。

パティは駅の待合室にミスター・ペンドルトンがいるとこっそり確認した。

「ロバートおじさんはあそこにいます！」そう言うと、大満足したことに、ウォズワース先生はすぐに歯医者さんへ向かい、パティはひとりでおじさんに近づくことができた。

いかにも世慣れたふうにぶらりと歩いていき、手を差しだした。ヴェールの水玉模様がおじさんを面食らわせたようだ。一瞬、パティのことがわかっていなかった。

「ミスター・ペンドルトン！　ごきげんいかが？」パティは心をこめて笑顔になった。

「わたしを楽しませるため、こんなにお時間を割いていただけるなんて、なんてご親切なんでしょう。それに、サーカスを思いつくなんて、とても独創的！　サーカスには何年も行ってなかったんです。今年の冬は先生たちにシェイクスピアやイプセンをたっぷり見せられたあとだから、本当に新鮮です」

ミスター・ペンドルトンは弱々しく手をあげ、なにも言わずに二人乗り馬車を呼びとめた。隅っこにもたれ、たっぷり三分間は黙って彼女を見つめていた。それから、頭をのけぞらせて笑い声をあげた。

「いやはや、パティ！　きみは大人になったんだと、ぼくに言いたいんだね？」

パティも笑った。

「ねえ、ボビーおじさん、その件についてどう思います？」

その夜、夕食が半分すんだところで、外出していたふたりが帰ってきた。パティは自分の席に急いで座り、ナプキンを広げた。社交でたくさんの約束をこなし、くたびれた女性ふうだ。

「どうだった？」ほかのふたりは大騒ぎだ。「話を聞かせて！　サーカスは楽しかったの？」

パティはうなずいた。

「サーカスはチャーミングだったな――ゾウたちもね――そしてボビーおじさんも。サーカスのあとでお茶にしたの。そうしたら、スミレの花束と箱入りのキャンディをくれたんだ。おとぎ話の本のかわりにね。そして、わたしくらい大人になった人が〝ボビーおじさん〟と呼ぶのはどうかと思うから、〝おじさん〟は省いてほしいと言われたの。変なんだけど、彼って本当に七年前より若くなったように見えるのよね」

パティはえくぼを作り、食堂の奥の先生たちが集まるテーブルを用心しながらちらりと見た。

「彼は仕事でこの近くによく来るんだって」

8　秘密結社ＳＡＳ

コニーはひどい結膜炎にかかり、回復につとめるために帰省してしまった。プリシラは大西洋艦隊にいる父親と二週間を過ごすために、ポルトリコ（プエルトリコの旧称）に向かってしまった。ひとりで置いてきぼりをくらったパティはほかの生徒たちのなかに放りだされ、友達づきあいをすることになった。野放しになったパティは、たいていトラブルに足を突っこむことになる。

親友ふたりが学園をあとにした次の土曜、パティはロザリー・パットン、それからメイ・ヴァン・アースデールと、ウォズワース先生の引率で街に出かけた。春の買い物をすませるためだ。パティとロザリーはどちらもあたらしい帽子が必要だった——それに手袋、靴、ペティコートといったこまごました品も——それにメイは仕立屋に作らせるあたらしいスーツの仮縫いをすることになっていた。こうした用事をすませると、午後はくつろぎにあてる時間となった。シェイクスピアの悲劇があたえることができそうなくつろぎ、という意味で。

ところが、劇場にやってくると、主演俳優が劇場に向かう途中で自動車事故を起こし、怪我《けが》のために舞台に立てないと知らされた。お金は切符売り場で返しますと。少女たちはそれでもマチネーを見たがるので、ウォズワース先生は急いで〈ハムレット〉のかわりとしてふさわしいものを探した。

ウォズワース先生は中年、優柔不断で、人の意見に流されやすく、おしとやかで、すぐにショックを受ける人だ。人格者としての強さがないと自覚している。きまじめな先生は、そうしたお目付役としての大きな欠点をどうにか乗り越えようと、生徒たちが選ぶものにはなんでも頑固に反対するのだった。

今日の生徒たちはジョン・ドルーが主役をつとめるフランスの笑劇がいいと言った。ウォズワース先生は彼女なりにきっぱりと〝だめ〟だと答え、〈ナイルの魔法使い〉という題名の演劇を選んだ。生徒たちの古代エジプトの知識を広げる役に立つという印象を持ったからだ。

けれど、この〝魔法使い〟は実際の歴史に残る〈人の心をあやつる天才〉クレオパトラをいまっぽくした、いんちきくさいにせものだとわかった。彼女はとてもモダンで、フランス人ふうのイギリス人だった。時は近未来、舞台はカイロのシェパーズ・ホテルのテラスだ。彼女は裾《すそ》が長くて身体《からだ》にまとわりつくシフォンのローブを着ていた。パリふうのシルエットで、いかにもクレオパトラらしいゴールドの切り替えが入ったものだ。ほんのりバラ色の耳たぶにイヤリングがぶらさがり、目はたくみなお化粧で、大きく、人の心を虜《とりこ》にするエジプト人めいた切れ長に見せてある。とても美人で、とても残酷だった。カイロの男性を次から次へと失恋させた。ショッキングで、いけない行動のきわめつけとして、なんとタバコを吸った！

かわいそうに、おろおろするウォズワース先生は四幕のあいだ、心配し、息もつけずに、怯《おび》え――そしてうっとりして腰を下ろしていた。けれど、三人の少女たちはひたすら夢中になった。帰り道の列車のなかでもずっと、あの風景、音楽、衣装について大興奮がとまらない。少女たちの魔法にかけられた目には、カイロが聖アーシュラ学園のお行儀のいい囲い地では想像したこともない冒険の世界をひらいたのだった。旅先の憧《あこが》れの地はシェパーズ・ホテルになった。

その夜、消灯の鐘が鳴ってからずいぶんあとに、パティがスフィンクスとピラミッドとイギリス士官がごっちゃに出てくる楽しい夢を見ていると、突然、はっとして目が覚めた。暗闇《くらやみ》から二本の手が突きだして左右の肩をつかまれたのだ。はっきり聞こえるギャッという声をあげ、ガバッと起きあがるとあけすけに大きな声で言った。

「誰なの？」

二本の手がすぐに彼女の口をふさぐ。

「シーッ！　静かに！　あなたには常識がないの？」

「マドモワゼルの部屋のドアが大きく開いていて、ローディが訪ねてきているんだから」

ロザリーがベッドの右側に、メイ・マーテルが左側に腰かけている。

「なんの用なのよ？」パティはご機嫌ななめでたずねた。

「わたしたち、とても素晴らしいことを思いついたの」ロザリーがささやく。

「秘密結社よ」メイ・マーテルの声が響く。

「放っておいて！」パティはどなった。「眠たいんだから」

彼女は訪問者たちのせいで狭くなったベッドにふたたび横になった。ふたりはおもてなしの悪さは気にせず、ガウンをさらにきつく身体に巻きつけ、本格的に話をはじめた。ふたりが外で震える一方で、ベッドのなかで快適にあたたかくしているパティは、ようやく眠い耳を傾ける気になった。

「わたし、あたらしい会を思いついたのよね」と、メイ・マーテル。ひらめいたという栄誉をロザリーとわけあおうとはしなかった。「今回は本当に秘密にすることになるわ。学園のみんなに広めたりしない。わたしたち三人だけ。そしてこの会は単純でバカみたいな秘密を抱えているものじゃないの。目的があるのよ」

「これをセイレーン同好会《ソサエティ・オブ・アソシエイティッド・セイレーン》と呼ぶつもりなの」ロザリーが熱心にわってはいった。

「なんて言った？」パティが聞きなおす。

ロザリーが二回目は一言ずつ響かせて発音してみせた。

「しょ・さいえてぃー・おぶ・あしょ・しー・えいてっど・しゃい・れーん」パティは眠そうにもごもごと繰り返した。「呼びづらい」

「あら、でも、人前では言ってはいけないの。会の名前は秘密よ。頭文字をとってＳＡＳと呼ぶことになるわ」

「なんのための会なのよ？」

「人に言わないと約束する？」メイが用心深く質問した。

「ええ、もちろん言わない」

「プリスとコニーが帰ってきても、あの子たちにだって言ってはだめよ？」

「ふたりもメンバーにしたらいいよ」と、パティ。

「まあ、それも考えてもいいけれど――でも、これはできるだけ少人数のほうがいい会なの。そして本当にメンバーになるべきなのは、わたしたち三人だけ。あのお芝居を観《み》たから。でも、とにかく、ロザリーとわたしがいいと言わないかぎり、人に話さないと約束しないとだめなの。約束できる?」

「もう、わかったよ! 約束する。なんのための会?」

「わたしたちはセイレーンになるの。ギリシャ神話で海をいく人たちを歌でおびき寄せたあれよ」メイがもったいぶった声でささやく。「美しく、魅力的で、残酷な女になって――」

「クレオパトラみたいにね」と、ロザリー。

「そして男性に仕返しするの」メイが言いたす。

「男性に仕返しする――なにをされた仕返し?」パティはどこかぼうぜんとなってたずねた。

「ええと――わたしたちの心を傷つけて、男性への信頼をうしなわせたことに対して――」

「わたしの心は傷ついていないけど」

「まだね」メイは少しいらだったように言う。「あなたはまだ誰も男性と知りあったことがないからよ。いつの日か知りあって、そうしたら、あなたの心も傷つけられるの。あなたは武器を準備しておくべきなのよ」

「平和なときこそ戦争の備えをしておくべし」と、ロザリーがラテン語の授業から引用する。

「セイレーンになるのは、レディらしいことだと思う？」パティは怪しむようにたずねた。

「完璧にレディらしいわよ！」と、メイ。「レディしかセイレーンにはなれないでしょ。セイレーンみたいだった女性洗濯労働者がいたって聞いたことがあるの？」

「な、ないかな」パティは認めた。「そういうのを聞いた覚えはない」

「それにクレオパトラのことを考えてみて」ロザリーが言う。「彼女はぜったいにレディだったわよ」

「たしかに！」パティは賛成した。「わたしたち、なにをすればいいの？」

「美人になって魅力的になるの。近づいてくるすべての男性をわなにかけられる、避けられない魅力の持ち主よ」

「わたしたちになれると思う？」パティの口調にはどこか疑っているところがある。

「メイは本を手に入れたの」ロザリーが熱心にわってはいった。「〈美しさとたしなみ〉についての本よ。顔はオートミールとアーモンドオイルとハチミツでパックをして、髪はほどいて日射《ひざ》しにあて、鼻はレモン汁で美白してから、夜は手袋をはめ――」

「本当はロバのお乳のお風呂《ふろ》に入らないといけないんだけど」メイが口をはさむ。「クレオパトラが入っていたのよね。でも、残念だけどそれは無理そう」

「そして歌うことを覚えないと」ロザリーが言いたした。「ひとつ、〈ローレライ〉みたいな持ち歌を用意するの。犠牲者をわなにかけようとするときはいつも、それをハミングするのよ」

こんなくわだては、パティのいつもの思考の流れには浮かびもしないものだったけれど、めあたらしくて惹かれる要素がたしかにあった。メイもロザリーも、パティがどんなたくらみにも普通は協力者として選ばない子たちだが、行きがかり上、この日は仲間づきあいをすることになったのだし、パティは人に親切にしたがる子だ。それに、生まれ持った常識がお留守になっていた。まだ、エジプトの女魔法使いの術にかけられていたのだ。

さらに数分ほどあたらしい会について話していると、ロード先生がマドモワゼルにおやすみと言う低い声が聞こえた。

「ローディよ！」パティは警戒してささやいた。「あなたたち、ベッドにもどったほうがいい。残りは朝になって計画すればいいもの」

「うん、そうしましょう」ロザリーが震えながら言った。「凍えちゃいそう！」

「でも、まずは誓いを立てないとだめよ」メイ・マーテルが言い張る。「本当は真夜中にしないといけないのよね。でも、十時半でもたぶん大丈夫。わたしが全部考えてきたから。あなたたちふたりは、わたしに続いて誓いの言葉を言って」

三人は手を合わせて、順番にささやいた。

「この会の名と目的を秘密にすることをおごそかに誓います。この誓いを破れば、永遠にソバカスができて、髪の毛が抜け、目つきが変になって、内股《うちまた》になることでしょう」

SASの三人のメンバーはそれからの数日、あいた時間をすべて〈美しさ〉についての本の念入りな研究に捧《ささ》げ、面倒くさがらずに、その教えを実行に移した。教えのなかには矛盾が感じられて、こまるものもあった。たとえば、髪の毛は空気と太陽にさらすこととなっているが、顔はそうじゃない。でも、知恵を使ってこの矛盾を切り抜けた。その週のお小遣いをセーム革に使ったのだ。レクリエーションの時間は毎回、下の牧草地にある風通しのいい小丘にひきこもり、並んでがまん強く腰を下ろし、髪を風になびかせ、顔は手作りのマスクで守った。

ある日の午後、小さな下級生がかくれんぼをしていて遠くまでさまよってしまい、それと気づかずにパティたちに出くわした。そして怖がって悲鳴をあげながら、安全な運動場へもどった。こうしてこのあたらしい会の目的と活動範囲について、学園のなかに暗い噂《うわさ》がただよいはじめた。インディアンの女になりきる会から、古代ケルトのドルイドの女司祭をあがめる会まで、さまざまな憶測が飛びかった。

美白パックの材料を集めるときなど、あやうく大惨事になるところだった。オートミールとレモンはどちらかと言えば簡単だった。料理人は特に質問することもなくわけてくれた。けれど、ハチミツについてはうるさかった。倉庫にはこしたハチミツの広口瓶がたくさん並んでいる。けれど、窓には鉄格子《てつごうし》があるし、鍵《かぎ》は料理人ノーラのポケットの底にある。どうしてもすぐに美しくなりたいという思いが高ぶって、五日間ものんきにじっとして、週に一度の村への買い物を待つことなんかできなかった。それに、先生が付き添うのだから、買うこと自体が無理だ。ハチミツは禁制品で、お菓子やジャムやピクルスと同じ扱いだ。

鉄格子にやすりをかけて切れないか、それともノーラにクロロホルムをかがせて鍵を盗めないかと話し合ったけれど、ついにパティはちょっとした簡単なお世辞を使って、この問題を解決した。ある日の午後、キッチンに顔を出して腹ぺこだと悲しそうに打ち明けた。ノーラは急いでグラス一杯の牛乳とバターを塗ったパン一切れを準備してくれて、そのあいだにパティは調理台のはしっこに腰を下ろし、世間話をした。生徒はキッチンを訪れてはいけないことになっているけれど、そのルールがきびしく守られたことはない。ノーラはおしゃべりが好きで、訪ねてくる者を歓迎した。パティはまず、ゆうべのデザートのアップル・ダンプリングをほめた。そこから目下、ノーラの頭をいっぱいにしている、愛想がよくて若い配管工の話に進めた。続いて、ごく自然に話題を変えてハチミツのことを持ちだした。こうしてキッチンを去る前には、翌日の朝食にはマーマレードのかわりにハチミツを出すというノーラの約束を取りつけていたのだ。

SASのメンバーたちは飾りピンを入れる小皿を朝食に持ちこみ、目立たないようにテーブルの容器から膝《ひざ》の上の小皿へとハチミツを移し替えた。

けれど、そこまでしたというのに、まだ大ピンチを迎えそうになった。パティは二階の廊下で不運にもエヴァリーナ・スミスとぶつかって、ラグのまんなかにハチミツの入ったほうを下にしてピン皿を落としてしまったのだ。それと同時に、ロード先生が廊下の向こうから彼女のほうにやってきた。パティは機転のきく若い女の子だ。とっさの緊急事態に、ぼやぼやすることがない。ハチミツのまんなかに両膝をつき、スカートをふわりと広げて、ありもしない飾りピンを必死に探しはじめた。

「そこまでして廊下を全部ふさぐ必要がありますか？」ロード先生はすれ違いざまにそう言っただけだった。

ラグはありがたいことにリバーシブルで、簡単に裏返すだけでパティはこぼれたところを隠せて満足できた。ほかのふたりの少女は物惜しみせず、自分たちのぶんをわけてくれた。こうして、結局はパティもハチミツを手に入れることができた。

眠りづらい三夜のあいだ、彼女たちはパックを貼《は》りつけた。もしかしたら、パックのほうが彼女たちに貼りついたと言うほうが正確かもしれない。お湯で何度洗ってもとれず、彼女たちの顔はウロコが生えたみたいになって目立った。

サリー先生は聖アーシュラ学園の衛生部門の責任者で、ある朝、廊下でパティ・ワイアットに出会った。あごに手をあてて、明るいほうを向かせた。パティはこまって身をよじった。

「なんてことでしょう！　いったい、その顔はどうしたの？」

「あの——わかりません。本当に。なんだか、その、フケみたいで」

「たしかにそうね！　なにを食べてそうなったの？」

「お食事でいただくものだけです」パティはほっとして真実を話した。

「血液に問題があるのね」サリー先生はそう診断を下す。「あなたには強壮剤が必要だわ。フジバカマのお茶を煎《せん》じましょう」

「まあ、サリー先生！」パティは真剣に抗議した。「必要ないです、本当に。すぐによくなりますから」フジバカマのお茶は前に飲んだことがある。あんなに苦い煎じ薬は初めてだった。

サリー先生は同じ症状のメイ・ヴァン・アーステールに、さらにその後、ロザリー・パットンにも出くわして、不安になってきた。農園でサリー先生が世話をしているリンゴの木は、この春に樹皮をウロコみたいにしてしまう害虫のナシマルカイガラムシに悩まされていたが、学園の生徒たちにまでその症状が移るとは想像もしていなかった。その日の午後、サリー先生はフジバカマを大量に煎じさせ、寝る前に、乗り気でない生徒たちを一列に並ばせ、お玉を手にパンチボウルの前で待った。どの生徒もコップになみなみと煎じ薬をもらうと、できるだけ、いさぎよくそれを飲んだ。ただし、それはパティの順番がまわってくるまでの話だ。パティはサリー先生のまうしろに置かれた廊下の青い磁器の傘立てに、自分のぶんを捨てた。列の残りの生徒たちはうまいことパティのまねをした。

サリー先生はそれから数日にわたって、自分にたくされている若き生徒たちをじっくりと観察した。思った通り、ウロコは消えていた（セイレーン同好会はパックするのをやめたのだ）。先生はいままで以上にフジバカマの効能に自信を深めた。

同好会を設立したすぐあと、メイ・マーテルが週末の帰省からもどってきた（母親が病気で、彼女は呼びもどされた。メイの家族はしょっちゅう誰かしらが、都合よく病気になる）。メイは大へビが自分の尻尾《しっぽ》をのみこんでいるところを表す、ウロコがつながったデザインの三つのブレスレットを持ってきた。エメラルドの目と目のあいだには、SASと小さな文字が彫られている。

「とっても素敵！」パティは心から感謝した。「でも、どうしてへビ？」

「これはただのへビじゃないことよ。大へビなの」メイは説明した。「クレオパトラを表現しているの。彼女はナイル川の大へビだった。わたしたちはハドソン川の大へビになりましょ」

ブレスレットが周囲の目にとまり、SASへの好奇心はふくらんだけれど、たまに登場する秘密結社とは違って、存在理由については謎《なぞ》のままだった。学園の生徒たちはこの会が秘密を抱えているのだと本気で信じはじめた。好奇心が強いことで知られるロード先生はある日、パティがウェルギリウスのクラスから去ろうとするところを呼びとめ、あたらしいブレスレットをほめた。

「それで、SASというのはどういう意味なのですか?」先生はたずねた。

「秘密結社なので」と、パティ。

「あら、秘密結社!」ロード先生はほほえむ。「だったら、どんな名なのか、それはおおいなる謎ということですね」先生はそう言いながら、お墓の底まで届くくらい声を低くした。

ロード先生の態度には、なんだか妙にいらっとするところがある。若い生徒たちのとっぴな行動をおもしろがっていることが、いつもそれとなく伝わってしまうのだ。サリー先生のように、生徒たちと対等の立場で話せるしあわせな能力を持っていなかった。ロード先生はじろじろとパティを見おろした(柄つき眼鏡越しに)。

「もちろん、会の名は秘密です」と、パティ。「それがみんなに知られたら、会のすべてが知られることになってしまいます」

「それで、この注目される会の目的はなんなのですか? それとも、それも秘密で?」

「ええ、もちろん秘密です。どうしても先生にお教えすることはできません」

パティはロード先生に笑顔を向け、むじゃきに天使のような目で見つめた。それはパティをよく知る人に、彼女をそっとしておくのがいちばんだといつも警告する視線だった。

「サンシャイン・ソサエティ(十九世紀末、女性記者オールデンが設立した博愛のための団体)の支部みたいなものです」パティは自信たっぷりにつけくわえる。「わたしたちは、その——人に笑いかけ、その人たちにわたしたちを好きになってもらうのが目的です」

「なるほど！」ロード先生は好意的に解釈した様子でそう言った。「では、SASというのは〝サンシャイン・アンド・スマイル〟のことなのですね？」

「まあ、やめてください！　声に出して言ってはだめなんです」パティは声を落とし、振り返って心配そうにあたりを見まわした。

「なにがあっても誰にも言いませんよ」ロード先生はおごそかに約束した。

「ありがとうございます。みんなに知られたら大変なことになります」

「これはとてもやさしくて、女らしい会ですね」ロード先生は満足して言いたした。「でも、会員を自分たちだけにしておくべきではありませんよ。わたしをSASの名誉会員にしてくれませんか？」

「もちろんいいですよ、ロード先生！」パティはにこやかに答えた。「先生が入りたいとおっしゃるのならば、わたしたちは大歓迎で入ってもらいたいです」

「ローディがセイレーンになりたいって！」パティはその直後、体育館でふたりの仲間に伝えた。入会面接の様子は大受けだった。ロード先生は魔性の女性セイレーンになるタイプとはぜんぜん違っている。

パティは説明した。「少し笑顔があれば、ラテン語クラスの陰気なところが救われるって思ったの。ローディはごっこ遊びをする子供たちを助けていると考えて、おもしろがってくれるし、それで子供たちのほうは傷つかないし」

しばらくのあいだ、SASは若さゆえの自然な健康の力で成果も出て盛りあがったけれど、新鮮さが薄れてくると、美人になるという努力は面倒になってきた。メイとロザリーはねばり強く、例の美しさの本を研究しつづけたが――このテーマは彼女たちのそもそもの野望にふさわしいものだった――パティはほかのことに目移りするようになった。春の野外スポーツが始まっていたし、ハイランド・ホール女子校との毎年恒例の対抗戦も近づき、お肌のためのコールドクリームやパックへの関心は押しやられた。パティとメイはもともと気のあうほうではなかったから、メイがしつこく誘っても、パティは無関心なセイレーンになった。

春休み直後の土曜日、パティは〝ボビーおじさん〟と街で昼食をとる許可をもらった。彼は尊敬をこめておじさんと呼ばれているだけだったが、パティは校長に血のつながった本当のおじさんではないと伝えていない。それがばれたらどうなるかは、よくわかっていた。正真正銘のおじさんと昼食をとるのはきわめて正しいことだが、家族の友人とだったら、いちばん年上でいちばん頭がさびしくても、きわめて正しくないことだ。

マドモワゼル、そして街の視察の人もいっしょに駅から霊柩車《れいきゅうしゃ》でもどってくると、ロザリー・パットンが通用門でその到着を待っていた。彼女はパティを先生たちから引き離すと、耳元でささやいた。

「ひどいことが起こったの！」

「どうしたの？」パティはたずねた。

「SASのことがすっかり見つかってしまったのよ！」

「まさか！」パティはびっくりして叫んだ。

「本当なの！　こっちに来て」

ロザリーはパティを誰もいないコート置き場に引っ張って、ドアを閉めた。

「まさか、会の名前も、なにもかもばれたってこと？」パティは息もできずにたずねる。

「全部というわけじゃないけれど、ローディがいなかったら、そうなっていたはずよ。今度ばかりは、あの先生がわたしたちを救ってくれたの」

「ローディがわたしたちを救った！」パティの口調は、簡単には信じられない気持ちと、おそろしさがごっちゃになっていた。「それって、どういうことだったの？」

「あのね、昨日、メイはウォズワース先生の付き添いで村にお買い物に行ったの。ワディがお目付役としてはどんな人か、わかるでしょう」パティはもどかしくうなずいた。「誰だってあの先生は騙《だま》せるわよね。それでメイは先生の目の前で、ソーダ水売り場の店員といちゃつきはじめたの」

「ええっ！」パティは力をこめて言った。「なんていけないことをするの！」

「メイはいけないことだなんて、ぜんぜん思ってなかったのよ、本当に。ただ、SASの主義を実行に移そうとしただけ」

「彼女、せめて慎みのある人を選べばよかったのに！」

「それがね、店員さんはとても慎みのある人なのよ。〈ブラッドグッズ〉の下着売り場の娘さんと婚約していて、ちっとも、いちゃつきたくなんかなかったの。でも、メイ・マーテルがなにか決めたら、どれだけしつこいかわかるでしょう。かわいそうな店員さんはメイに合わせるしかなかったの。すっかりこまってしまって、自分がなにをしているのか、わからなくなったくらい。ヘスター・プリングルにチョコレートとルートビアを半々で割った飲み物を渡してしまって、彼女が言うには、あんなひどい組み合わせはなかったって。とても気分が悪くなって、夕食はちっとも喉《のど》を通らなかったのよ。そんなことが起きているあいだ、ワディはただ座って、宙に向かって笑いかけて、なんにも見てなかった。でも、生徒たちはみんな見ていたし、ドラッグストアの店主さんも見ていたの！」

「うわ！」と、パティはかたずをのんだ。

「そして今朝、サリー先生がドラッグストアに行ったの。ハリエット・グラッデンが喉を痛めたからカリ（炭酸カリウム。当時はトローチとして使用されていた）を手に入れるためよ。それで店主さんはすっかりサリー先生に話してしまったの」

「サリー先生はどうしたの？」パティは弱々しくたずねた。

「どうしたどころじゃないわ！　目を血走らせて帰ってくると、奥方様に話をして、ふたりしてメイ・マーテルを呼びだしてから――」ロザリーは目を閉じて震えた。

「ねえ」パティはがまん強くきく。「どうなったのよ？」

「奥方様はすっかりカンカンになったの！　メイは学園の品位をおとしめたから、退学させると告げたのよ。そしてメイのお父さんに彼女を連れ帰るようにと電報を下書きした。それから、メイになにか申し開きがあるかとたずねたら、メイは自分のせいじゃないと言ったのよ。彼女に負けないくらい、わたしとあなたも悪いんだ、わたしたちは同じ同好会にいるからだ、でも、秘密の誓いを立てたからその話はできないと言ったの」

「なんていやな子！」と、パティ。

「それで、わたしも呼びだされて、SASについて質問が始まったのよ。わたしは言わないようにしようとしたけれど、奥方様が怒るとどんなふうか、わかるでしょう。スフィンクスだって泣き崩れて、知ってることを全部話すでしょうし、わたしはスフィンクスのふりさえできないし」

「なるほどね」パティは腕組みをしてショックなことを聞かされるのかと身構えた。「話を聞いて、奥方様たちはなんて言ったの？」

「奥方様たちは話を聞かなかったの！　わたしがいまにも誓いを破って、なにもかも話しそうになったとき、なんと、ひょっこりローディがやってきたの。そしてあの先生はとてもよくしてくれたのよ！　SASのことは全部知っていると言ってね。とても好ましい団体で、自分もメンバーだと言ったの！　サンシャイン・ソサエティの支部で、メイは青年といちゃつくつもりはなかったのだって。メイはただ、出会ったすべての人に笑いかけて親切にしたかっただけで、青年のほうがそこにつけこんだと言ったの。そうしたら、メイはええ、その通りだと言って、全部の責任をなんの罪もないかわいそうなソーダ水売り場の店員さんに押しつけたのよ」

「彼女らしいな」パティはうなずいた。

「そして、メイったらいまでは、自分をこまった目にあわせたと、彼にとても怒っているの。店員さんはにくたらしくて鼻が上を向いたおちびさんで、聖アーシュラ学園にいるかぎり、もう二度とソーダ水は飲まないって」

「じゃあ、退学にはならないの？」

「そうよ。奥方様は電報を破いたわ。でも、メイには罰点10をあたえて、一週間デザート抜き、それからウィリアム・カレン・ブライアントの詩の『死についての考察』を暗記するようにって。それから、メイは今後いっさい、村へ買い物に行けないの。あたらしいヘアリボンやらストッキングやらが必要になったら、ほかの子にお使いを頼まないといけない」

「それで、奥方様はわたしたちのことはどうするの？」

「なんにもなしよ。ローディがいなければ、わたしたちは三人とも退学になっていたところ」

「なのに、わたしはいつもローディをきらってばかりだった」パティは後悔しながら言う。「ひどい話じゃない？　敵を持ちつづけるって、できないようになってるのね。

とにかくいやな人だと思って、そういう人を大きらいでいるのが楽しくなってきたら、突然、いい人だってわかるんだもの」

「わたし、メイ・マーテルのことは大きらい」と、ロザリー。

「それはわたしも！」パティは心から賛成した。

「あの人の同好会はやめるつもりよ」

「わたしはもうやめてる」パティは鏡をちらりと見た。「でも、ソバカスもできてないし、目つきも変になってないし」

「どういうこと？」ロザリーはパティを見つめた。彼女は一瞬、秘密の誓いを破ればどうなるかということを忘れていたのだ。

「わたし、ボビーおじさんに話したの」

「まあ、パティ！　どうしてそんなこと、できたのよ？」

「わたし、わたしね——」パティは少しだけためらったが、告白した。「あのね、じつは——わたしも誰かにセイレーンになることを実行してみたらおもしろいかなって思ったの。それで、あの、試してみて——」

「それで、彼は——？」

パティは首を振った。

「ひどくむずかしかったよ。彼はちっともその気になってくれないんだもの。そしたら、ブレスレットに気づいてSASの意味を知りたがってね。わたし、自分で話してるって気づく前にしゃべってた！」

「彼はなんて言ったの？」

「最初は大爆笑してから、とてもまじめになって、長々とお説教されちゃった。とても心に刺さるものだった。日曜学校のお話みたいで。そしてわたしからブレスレットを取りあげると、自分のポケットに入れたっけ。もっといいものをくれるって言ったの」

「なにをくれるのかしら？」ロザリーは興味しんしんでたずねた。

「人形でないことを祈るね！」

二日後の朝の郵便で、ミス・パティ・ワイアットに小さな荷物が届いた。彼女は幾何学の授業中に、机の下でそれを開けた。宝石商のケースの厚みのあるコットンに埋まっているのは、ゴールドの輪っかのブレスレットで、ハートの形をした錠前がついたデザインだった。ボビーおじさんの名刺の裏にこう書いてある。

これはきみのハートだよ。鍵を持つ男が現れるまで、閉めておくんだ。

パティはフランス語の授業に向かおうとするロザリーを脇《わき》へ呼び、誇らしげにブレスレットをこっそりと披露した。

ロザリーはこれを見て気持ちを高ぶらせた。

「彼は鍵をどうしたのかしら？」そうふしぎがっている。

「たぶんね」と、パティ。「自分のポケットに入れてるんじゃないかな」

「なんてロマンチックなの！」

「ロマンチックに聞こえるよね」パティは賛成したけれど、なんだかため息まじりだ。

「でも、そんなことない。彼は三十歳で、頭が薄くなりかけてるんだもの」

9 キッド・マッコイ、心を入れかえる

テキサス出身のミス・マッコイは、聖アーシュラ学園のおしとやかなレディをめざす教育を三年間にわたって受けてきたのに、目に見えるような成果はぜんぜんあがっていなかった。彼女は名門寄宿学校がこれまで受け入れ、そして見捨てなかったなかで、最強のおてんば娘だ。

〝真珠雲母《マーガライト》〟というのは両親が選んだ名で、彼女がたまたま生まれることになった採掘キャンプに、教会の巡回監督が三カ月に一度の訪問をしたときにつけられた。これはいまでも教師たちから、あるいはテキサスの後見人に送られる毎月の報告書では使われている名前だ。けれど、〝イキのいいの《キッド》〟というのは大牧場でカウボーイたちがつけた、彼女にずっとふさわしい名前だった。責任者の先生たちがいくらお説教しても、聖アーシュラ学園でも彼女は〝キッド〟のままだった。

キッドの子供時代は探偵ニック・カーターが出てくる小説でしかお目にかかれないくらい、あざやかなものだ。冒険好きの父親がいて、採掘キャンプを次々にわたりあるき、富を築いてはその富をうしなった。キッドはポーカーのチップをおもちゃにしてたくみに扱い、シャンパングラスで牛乳を飲んだ。そして父親は亡《な》くなった——まことに都合のいいことに、最後にこしらえた財産がまるまる残っているときで、幼い娘はテキサスに暮らすイギリスの友を後見人としてたくされた。それから彼女の人生における刺激だらけの三年間を、牛を育てる大牧場で〝後見人ちゃん〟と過ごし、その後の三年間を聖アーシュラ学園の静かな囲い地で過ごしてきたのだ。

後見人はじきじきにキッドをここに連れてきて、奥方様と熱心に話し合ってから、アメリカ東部の文化の型にはめようと彼女を残していった。けれど、これまでのところ、そうした文化は彼女にちっとも影響をあたえていない。なにか型にはめることがおこなわれていたとしても、粘土をこねたのはキッド自身でしかなかった。

採掘キャンプや大牧場のスパイスのきいた思い出は、読むことを許されている小説をどれも味気ないものに感じさせた。スパニッシュ・ワルツをお上品にしたものを生徒たちに教えていたフランス人のダンス講師に、後見人の大牧場にいたメキシコ人カウボーイからたたきこまれた本場のダンスを披露した。かわいそうに、講師は息をするのもやっとになってしまったダンスだ。イギリス人の乗馬講師が春と秋に週に一度やってきて、少女たちに正しい速歩《はやあし》のやりかたを教えるのだが、逆にキッドから裸馬の乗りかたを教えられ、あっけにとられてこんな質問をすることになった。

「このお若いレディはサーカスで訓練を受けたのですか？」

キッドは騒がしくて、スラングばかり使い、はしゃぎまわり、元気いっぱいだった。こんな生きかたには、小言と罰点とちょっとした処分がつきまとったけれど、本格的な悪さをしたことは一度もない。けれど、三年のあいだ聖アーシュラ学園の人たちは、いつかとんでもないことをしでかすのではないかと、はらはらしながら見守っていた。ミス・マッコイはこんな性格だから、周囲の人にいつかは大ショックをあたえるはずだと。

そのときがついに訪れてみると、誰も予想していないタイプのショックだった。ロザリー・パットンはキッドのいちばんあたらしいルームメイトだ。キッドは靴をすり減らすのと同じくらい、あっという間にルームメイトたちの気力をすり減らしてしまう。ロザリーは愛らしい子で、なにもかもが女らしくできている。校長はこのふたりを同室にして、ロザリーのやさしいお手本がキッドの大嵐《おおあらし》のような気性を静めてくれないかと願った。けれど、ここまでのところ、キッドはいつもの調子であり、ロザリーのほうはすり減っていくように見えていた。

そんなとき、変化が訪れた。

ロザリーがある晩、目を丸くしてあわてふためきながら、パティ・ワイアットの部屋に飛びこんできた。

「ねえ、聞いてよ！」と、叫ぶ。「キッド・マッコイがレディになるって言うの！」

「なんになるって？」顔をごしごし拭《ふ》いていたバスタオルからパティが現れた。

「レディ、よ。いまは腰を下ろして、薄青の細いリボンを寝間着に刺繍《ししゅう》してる」

「あの子になにがあったのよ？」とパティはたずねた。

「彼女はメイ・マーテルが持ち帰った本を読んでいるの」

ロザリーは窓下の長椅子《ながいす》にあぐらを組んで座り、ピンクのガウンのひだを広げて膝《ひざ》のまわりで優雅に波打たせ、二本のおさげにしたブロンドの巻き毛は肩に垂らし、とても絵になっていた。もう寝る支度はしてあるので、消灯の鐘が鳴る最後の瞬間まで人を訪ねることができるのだ。

「どんな本？」そうたずねるパティの口調は、あまり熱心ではない。

ロザリーは誰かの部屋に驚くような知らせを持って飛びこむけれど、注目が集まると、盛りあがりがどこにもなく、だらだらとまわりくどい説明をしがちだ。

「かわいらしくて若いイギリス人の女の子の話よ。お父さんがアジアに茶園を持っていて——アフリカだったかも。でも、とにかく暑い土地で、現地の人と、ヘビと、ムカデがたくさんいるの。その子はとても幼い頃にお母さんが亡くなって、寄宿学校へ入るためにイギリスに帰国したの。お父さんはとても悪い人でね。お酒を飲むし、口は悪いし、タバコも吸うのよ。とんでもなく悪い人にならずにすんでいるのは、イギリスで暮らすかわいらしい黄金の髪の娘のことを思っていたから」

「ねえ、それがキッドとどんな関係があるのかな？」パティはたずね、失礼にならないようにあくびはかみ殺した。ロザリーはぎゅっと引っ張ってやらないと、黄金の髪の少女にいつまでも思い入れをして話を進めなかっただろう。

「待ってってたら！　すぐにその話をするから。その子は十七歳になったとき、お父さんのお世話をするためにインドにもどるの。でも、そのすぐ後に、お父さんは熱射病になって死んでしまうのよ。死の床で、お父さんはロザモンド——それが少女の名前よ——を成人するまで親友にたくした。それで、ロザモンドは後見人と暮らすことになって、彼のバンガロー式住宅のお世話をして、きれいに、家庭らしく、居心地のいいところにしたのよ。後見人にはもうお酒も飲ませないし、タバコも吸わせないし、悪い言葉も使わせようとしなかった。そして後見人は過去を振り返って——」

「彼はむだにした歳月を思って、後悔でいっぱいになった」パティがぺらぺらと続きを話す。「そして、すさんだ生活にもたらされた、おだやかで女らしい存在にもっと見合うような人生を送っていればと思わずにいられなかった」

「あなた、この本を読んだのね！」と、ロザリー。

「ぜんぜん」と、パティ。

「とにかく」ロザリーは挑戦するように言った。「ふたりは恋に落ちて結婚して――」

「そしてお父さんとお母さんは天国から見おろして、これほどのしあわせを孤独な男にもたらした愛《いと》しい我が娘に幸《さち》あれとほほえんだ、とか？」

「まあ――そうね」ロザリーは自信なさげに同意した。

ロザリーは感情に訴える話を聞くといつだってすっかりのめりこんでしまうのだが、これまでのがっかりする経験から、パティは同じように食いついてくれないとわかっている。

「とても感動的な物語ね」パティはそう言った。「でも、キッド・マッコイにどんな関係があるのよ？」

「あら、わからないの？」ロザリーのスミレ色の目は好奇心に見ひらかれた。「キッドの生い立ちとそっくりじゃないの！　本を読んですぐそれに気づいたから、キッドも読むようにひどく時間をかけて勧めたの。あの人、最初は本のことを笑いものにしていたけれど、本気で夢中になってからは、自分と境遇が似ていると気づいたの。いまでは〈運命の手〉に導かれたって言ってるわよ」

「キッドの生い立ち？　いったい、どういうこと？」パティは興味を覚えはじめた。

「キッドには、この本のロザモンドと同じに、すさんだイギリス人の後見人がいるでしょう――ともかく彼はイギリス人で、キッドはたぶん彼はすさんでいると思っているの。ほとんどの牧場主はそうよ。ひとりぼっちで暮らし、話し相手といえばカウボーイだけで、彼には家庭におだやかで女らしい存在が必要なのよ。だから、キッドはレディになって、テキサスにもどって後見人さんと結婚し、彼が死ぬまでしあわせにしてあげる決心をしたの」

パティはベッドに横になり、大笑いしながらじたばたと転がった。ロザリーは立ちあがり、少しとげとげしい目で彼女を見る。

「なにも愉快だとは思わないけれど――とてもロマンチックだと思うわ」

「キッドがおだやかで女らしい存在になるって！」パティはゲラゲラ笑った。「彼女は一時間だって、レディのふりはできないいんじゃないかな。ずっとレディでいい、いられると思ってるのなら――」

「愛は」ロザリーは宣言した。「もっと大きな奇跡を実現してきたわ――まあ、見ていなさいよ」

たしかに、学園の者たちは奇跡を目《ま》の当たりにした。キッド・マッコイが心を入れかえたことが、今年いちばんのニュースになった。先生たちはキッドの立ち振る舞いのめでたい変化はロザリーにいい影響を受けたものだと考え、心からほっとしたものの、これが続くとは予想していなかった。けれど、その週も次の週も、変化は続いた。キッド・マッコイはもう〝キッド〟と呼ばれても返事をしなかった。友人たちに〝マーガライト〟と呼んでくれと頼んだ。スラングを使うのはやめて、刺繍を覚えた。〈ヨーロッパ旅行クラス〉でも〈美術史クラス〉の夜でも、最後まで手を組み、おだやかに考えこんだ様子で腰を下ろしていた。いままでは、一時間ずっと身体《からだ》をくねくねと動かして、両隣の生徒たちをうんざりさせていたのにだ。みずから進んで音階の練習を始めた。理由は本人がロザリーにこっそり打ち明け、ロザリーがほかの生徒たちにこっそり打ち明けた。

牧場はおだやかになれる音楽が必要だから。片目のジョーがアコーディオンを演奏するけれど、牧場で音楽といえばそれだけだった。学園のみんなは変身したマーガライトが牧場にいる姿を想像した。たそがれどきに白い服を着て、ピアノの前に腰かけ、やわらかな声で〈ロザリー〉を歌い、一方で後見人さんは腕組みをして彼女を見つめている。そしてカウボーイたちはボウイナイフをブーツの鞘にしまい、投げ輪はまとめてそっと肩にかけ、ひらいた窓の外に集う。

その年の四旬節の礼拝は、いやがって仕方なく引っ張られてくるキッドのかわりに、おだやかでうやうやしいマーガライトが参加した。ミス・マッコイが控えめに祈禱書《きとうしょ》を握りしめ、伏し目がちに側廊を歩いてくる姿を見て、学園の全員が驚いたのなんの。いつもだったら、トリニティ礼拝堂のステンドグラスにかこまれた雰囲気のなかでは、キッドは一度もならされたことのない若い野生馬みたいに見えるのに。

このめざましい改心は七週間にわたって続いた。キッド・マッコイがレディではない時期があったことさえ、みんな忘れはじめたくらいだ。

ある日、後見人から一通の手紙が届いた。かわいい娘に会うために東部を訪ねるという知らせだった。〈南部回廊〉は静かな興奮に包まれた。ロザリー、マーガライト、そしてこの棟のご近所さんたちは、彼女はなにを着るべきか、どんなふるまいをすべきか、熱心に話し合いをした。ついに、白いモスリン生地の服に青いリボンをつけることになった。彼にキスをすべきか、やめておくべきかについて、長いこと考えたが、ロザリーがやめておこうと決めた。

そしてこう説明した。「彼があなたを見たら、もう子供ではないって、はっきり気づくわ。あなたはこの三年間で女性へと成長した。だから、あなたの前ではなんだか照れてしまうと思うのよ」

「うーん」マーガライトは少し疑わしそうに言った。「それならいいけど」

後見人がやってきたのは日曜日だった。生徒たちは――みんな同じに――窓に鼻を押しつけ、近づいてくる彼をながめた。カウボーイらしくフランネルのシャツに拍車のついたブーツ、なにはともあれ、ソンブレロ帽をかぶっていることをかなり期待して。しかし、おそるべき真実でも語らねばなるまい。彼はまったく非の打ち所のない仕立のフロックコートを着て、シルクハットをかぶってステッキを手にし、ボタンホールには白いクチナシの花を飾っていた。彼を見れば、ピストルや投げ輪といったものなど、見たこともない人だと誰でもうけあうはずだ。教会で献金皿をまわすべく生まれついた人だった。

けれど、最悪の部分を語るのはこれからだ。

彼はかわいい被後見人を驚かせようと計画していた。この子がいずれ牧場にもどってくるとなれば、そこを本物の家にしておきたい。おだやかで女らしい存在がいれば、多感な年頃の少女にとってふさわしい住まいに変えられるだろう、と。後見人はひとりではなかった。花嫁を連れていた――背が高く、金髪、きれいで、低い声と親切な態度の女性だった。彼女は夕食後、少女たちのために歌ってくれて、六十四組の目はきれいなその人を見つめ、六十四――いや、六十三人の聞き手たちは、まさに彼女のような大人になろうと決めた。マーガライトはぼうぜんとして状況がよくわからないまま、ていねいに接した。七週間にわたって夢見た世界は一時間のうちにガラガラと崩れ、気を取りなおす時間がなかった。はっきりと気づいた。ぜったいに、後見人の奥さんのような女らしさに勝てるときは訪れない。ゆりかごにいるときから訓練を始めていたとしても、彼女のなかには存在しない性質だ。

後見人たちは夜に街へともどったのだが、学園の生徒全員が見ている前で、後見人は彼女の頭をなで、いい子にして、先生たちの言うことをきくようにと伝えた。奥さんは守るように彼女に腕をまわすと、額にキスをして〝わたしのかわいい娘〟と呼んだ。

日曜日は夕べの祈りの後に、二時間の自由時間となる。教師たちは校長室に集まってコーヒーと雑談を楽しみ、生徒たちは家に手紙をしたためることになっていた。けれど、その夜、〈南部回廊〉はそんなふうに平和な時間を過ごさなかった。マーガライト・マッコイはもとにもどっていた。彼女らしい生き生きとした言葉で言えば〝町のやつらにぶっ放して〃いた。

どんちゃん騒ぎのこだまがとうとう一階のコーヒーの会にも聞こえた。ロード先生が何事か調べようとやってきた——忍び足で。

ミス・マッコイは本来ピクチャーハット（つばの広い飾り帽）であるものを片耳にかけてななめにかぶり、短い体育用のスカート、真っ赤なストッキング、真っ赤な腰のサッシュリボンという格好で、テーブルに乗り、採掘キャンプの木靴ダンスをまねていた。観客たちは櫛《くし》をたたいてラグタイムのリズムを刻み、手拍子している。

「マーガライト！　下りて！」誰かが突然、大騒ぎに負けない怯《おび》えた口調で忠告した。

「あたしをマーガライトって呼ばなくていいんだぞ。あたしはクリプル・クリーク（金鉱で有名だった町）のキッド・マッコイだからな」

キッドはそこで、こみあった生徒たちより頭ひとつ高く、ドアのところからこちらを見ているロード先生と目が合い、あっという間にテーブルを下りた。このときばかりは、さすがのロード先生も言葉をなくした。たっぷり三分間、この場を見つめていたが、ついになんとか声を出した。

「ミッション・スクールの日曜の夜になんということを！」

観客たちは散り散りに逃げ、ロード先生とミス・マッコイだけが残された。ロザリーは〈パラダイス横町〉のいちばん奥まで逃げ、パティやコニーと震えながら一時間ほど、どんな罰が言いわたされるかと話しあった。消灯の鐘が鳴ったあとでこっそりと、暗くなった〈南部回廊〉にもどる勇気をふりしぼった。マーガライトのベッドから押し殺したすすり泣きの声がする。ロザリーは膝をついてルームメイトに腕をまわした。マーガライトが身体をかたくして息をとめると、すすり泣きがやんだ。

「キッド」ロザリーはなぐさめた。「ローディなんか気にしないの——こそこそかぎまわるいやなおばさんよね！　あの人、なんて言ったの？」

「あたしは一カ月の外出禁止で、賛美歌を五つ暗記しないとならなくて、罰点は、ご、50だって」

「50！　そんなのひどすぎる！　それじゃ、なにをしても帳消しにできないわ。あなたはこんなに長くお行儀よかったんだから、先生はそんなに騒ぐ権利はないのに」

「知らない！」キッドは激しい口調で言うと、もがいてロザリーの腕から身体を離した。「あの人にはもう二度と〝わたしのかわいい娘〟なんて呼ばせないんだからね」

10 タマネギと蘭《らん》の花

「相似する多角形の外周の比は、対応する辺の比と等しい」

パティが上の空で、この尊い真実を覚えようとするのは二十回目だった。教室のひらいた窓の隣に座っていると、桜の白い花が一晩のうちにいっせいに咲いて、波のように続く風景がどうしても目に入ってしまう。

今日はいつもより、てきぱきと自習を終わらせないといけないのに。土曜日で、マドモワゼルが引率するグループと街に行き、歯医者さんの治療台で一時間を過ごすことになっているから。でも、このいいお天気ではどうも集中できない。やる気の出ない一時間の自習を終えると、幾何学の教科書を閉じ、さらに一時間の自習をする学園の居残り組を置いて、着替えのために二階へ向かおうとした。

階段をあがるつもりだったけれど、そこまでたどり着かなかった。裏のポーチに通じる開けはなたれたドアに差しかかり、もっと近くで桜を見ようと外に出た。続いて藤棚《ふじだな》のはしまでぶらぶらと歩き、藤があとどのくらいで咲きそうかたしかめてみた。そこからだと、ほんの一歩で小道だ。つぼみの先がピンクに染まったリンゴの並木が左右に続いている。パティはいつの間にか、下の牧草地のはしっこの石垣にちょこんと腰かけていた。うしろは聖アーシュラ学園という牢獄《ろうごく》。前には広い世界。

石垣の上に座って、足をぶらぶらさせ、囲い地の外に突きだしてみた。聖アーシュラ学園でなによりもけしからん罪は、許可をもらわずに囲い地の外に行くことだ。腰を下ろしたままパティは禁じられた土地を見つめた。霊柩車《れいきゅうしゃ》をつかまえて列車に乗り、歯医者さんに行くのなら、一刻もむだにできないのはわかってる。それでも座ったまま、春の開放感に誘われていた。とうとう、野原の向こうの本街道を霊柩車がさわがしく転がるように駅へと走る様子が目にとまった。そのとき、はっと気づいた。マドモワゼルに街に行くと申告するのを忘れてた。だから、マドモワゼルは自分がいないことをなんとも思わない。学園のほうではもちろん、パティは街に行ったと思っているから、やっぱり、自分がいないことをなんとも思わない。計画して悪だくみをしたわけではなく、自由になった！

それからもう少し座ったままで、自由になったことをかみしめた。続いてするりと石垣から下りると、よろこびでいっぱいの若き無法者になって、冒険を探しはじめた。さらさらと機嫌のいい音をたてる小川をたどり、複雑な地形の峡谷と広がる森に足を踏み入れ、丘を駆けおりて湿地を横切るときは、こぶみたいな足場から足場へと楽しげにはねて、たまに失敗して湿地に突っこんだ。ずぶ濡《ぬ》れになっても大声で笑い、腕を振りまわして風とたわむれた。自由を感じる爽快《そうかい》さにくわえて、悪いことをしていると感じる爽快さもあった。この組み合わせはたまらなく楽しい。

こうして、ずっと小川をたどるように進んでいると、とうとう次の森にやってきた。最初のような原生林じゃなく、ならされて手入れをされた森だ。枯れた枝は切られ、木の下の地面はきれいにブラシをかけたみたいだ。小川はシダに縁取られた土手のあいだ、いくつもの田舎風の橋の下をおだやかに流れ、たまに広がって淵《ふち》になったところは睡蓮《すいれん》の葉のじゅうたんになっていた。飛石の置かれた苔《こけ》むした細い道が、謎《なぞ》めいた奥へとつながって、先はよく見えない。葉っぱが奥のほうをなかば隠し、好奇心をあおるくらいに茂っているのだ。草地にはクロッカスが星のようにちりばめられている。おとぎ話の魔法の森みたいだった。

けれど、この第二の森は頑丈な石垣でかこわれ、そのてっぺんには四重にからんだ有刺鉄線がはりめぐらされている。等間隔に、立て看板があらわれた。パティのいる場所から三つは見えるその看板には、ここは個人所有の森であり、不法侵入者は法のおよぶかぎりのきびしい罰を受けると書いてある。

パティは誰の森なのかちゃんと知っていた。別の道路に面した正門を何度か通り過ぎたことがある。このお屋敷はご近所で、さらに言えば、アメリカ国内でも有名だ。二百ヘクタールの敷地を誇る、有名な——悪名高いと言ったほうがいいかも——億万長者の家。彼の名前はサイラス・ウェザビー。たくさんのうさんくさい会社の創設者だ。熱帯植物でいっぱいのきれいな温室をいくつも、それにイタリア式の沈床《ちんしょう》庭園と美術のコレクションと絵画のギャラリーを持っている。気むずかしい偏屈おじいさんで、いつも六つぐらいの訴訟を起こしていた。彼は新聞をきらい、新聞も彼をきらった。特に聖アーシュラ学園では評判が悪い。校長が礼儀正しくへりくだった手紙を書いて、美術クラスの生徒たちに彼のボッティチェリを、植物クラスの者に彼の蘭《らん》の花を見せていただけませんかとお願いしたところ、屋敷じゅうをたくさんの女生徒に走りまわらせることはできかねる、今年受け入れたら、次の年も受け入れるしかなくなるから、そのような前例を作りたくないですなと、失礼な返事を寄こしたからだ。

パティは〝立入禁止〟の看板と有刺鉄線を、続いてその先の森を見た。もしもつかまったって、別にひどいことはされないだろうし、せいぜい追いだされるだけ、そんなふうに屁理屈《へりくつ》をこねた。近頃では、よそさまの森をおとなしく散歩したくらいで、刑務所には入れられない。それに、億万長者その人はシカゴで重役会議に出席中のはずだ。この日の朝、一週間ぶんの日刊紙をじっくり読んで収集したご近所のちょっとした噂話《うわさばなし》だ。土曜夜の夕食では、時事問題について話すことになっているから、土曜の朝に生徒たちは見出しと社説にざっと目を通すようにしている。あるじが留守だったら、イタリア式庭園にちょっと立ち寄って見物してもよくない？ 使用人たちはまちがいなく、主人より礼儀正しいはずだもの。

石垣の有刺鉄線がゆるそうな部分を選び、腹ばいになってそこをくぐり抜けると、ブラウスの肩に小さな穴をひとつ作っただけですんだ。魔法の森で三十分くらい、はしゃぎまわった。それから小道をたどると、いきなり森を抜け、ぱっと庭に飛びこんでいた。花の庭園ではなく、堂々とした規模の家庭菜園だ。新芽の出てきた各種野菜がきれいに並び、カラントの茂みで区画分けされ、菜園全体が高い煉瓦《れんが》の壁にかこまれ、壁沿いにはイギリスふうに枝を整えられた梨《なし》の木。

庭師がひとり仕事中で、背を向けて小タマネギを植えていた。パティはどうしたものかと彼をじっくりながめた。逃げだしたいという強い気持ちと、仲良くしたいという社交好きな性格の板ばさみになっている。彼はじつに絵になる庭師で、ニッカーボッカーの膝丈《ひざたけ》ズボンと革のゲートルという姿、ベストは赤っぽい色で、カーディガンをはおり、縁なし帽をななめにかぶっていた。あまり話し好きな人には見えない。けれど、たしかにリューマチのようには見える。たとえ追いかけられても、パティのほうがだんぜん速く走れるはずだ。それで庭師の手押し車に腰かけて観察を続けながら、まずはどう声をかけようかと考えこんだ。

いきなり庭師が顔をあげて、パティを見た。驚いて尻《しり》もちをつきそうになっている。

「おはようございます！」パティはほがらかに挨拶《あいさつ》した。

「うぐっ！」彼はうめいた。「あんた、ここでなにをしているんだね？」

「あなたがタマネギを植えるのを拝見してますけど」

パティは説明するまでもないことだと思ったが、よろこんで返事をした。

彼はふたたびうめいて、背筋を伸ばすと、パティに一歩近づいた。

「あんた、どこから来たんだね？」ぶっきらぼうにそうたずねる。

「あっちからです」パティはだいたい西のほうに手を振った。

「ふふん！」庭師は言った。「あの学校の生徒か――聖なんとかカントカの？」

パティはうなずいた。袖《そで》には聖アーシュラ学園のモノグラムが大きく刺繍《ししゅう》されている。

「あんたが外にいるのを学校の人は知っているのかね？」

「いいえ」包み隠さずに答えた。「知らないと思います。本当を言うと、知らないことはぜったいです。学校の人はわたしがマドモワゼルと歯医者さんに行ったと思っていて、マドモワゼルはわたしが学校にいると思っているんです。だから、わたしは自由な時間が持てたんですよ。こちらにうかがって、ウェザビーさんのイタリア式庭園がどんなふうか見たかったんです。イタリア式庭園に興味しんしんで」

「ふうむ、あのなあ——！」庭師はそう言いかけてから、またほんの少しだけ近づいてからパティを見つめた。「ここに来るまでに〝立入禁止〟の立て札が目に入らなかったのかね？」

「入りましたとも！　ここは立て札だらけですもの」

「あんたにはたいして効き目がなかったと見えるな」

「あら、わたしは〝立入禁止〟の立て札を気にしたことなんて、一度もありません」パティはあっさりと言う。「そんなのをいちいち気にしていたら、この世界では目標なんか達成できないです」

庭師は意外にもくすっと笑った。

「たしかにその通り！」彼は賛成した。「わしもそういうのを気にしたことは一度もないね」と、考えこみながらつけ足す。

「タマネギを植えるお手伝いをしましょうか?」パティは丁重にたずねた。そうするのが、イタリア式庭園に近づくいちばん手っ取り早い方法だと思ったのだ。

「そうだね、うん、ありがたい!」

庭師は予想外なことに、心からありがたがって申し出を受け入れ、仕事のやりかたをいかめしく説明した。タマネギはとても小さく、たいへんな注意を払って正しい面を上にして植えなければならない。タマネギの苗は一度まちがった方向に根が出てしまうと、植えかえるのはとてもむずかしいのだ。

パティはコツをあっさりとつかみ、次の畝《うね》は彼から一メートルも遅れずに植えつけを終わらせた。仲良くなるにはうってつけの仕事だとわかった。十五分が過ぎる頃には、ふたりはまるで古くからの友人同士のようになっていた。話題は哲学、人生、倫理といった深い範囲にまでおよんだ。庭師はどんなテーマにおいてもきわめてはっきりした意見の持ち主で――パティはスコットランド出身の人だろうと見当をつけた――博識なお年寄りらしく、新聞にも目を通していた。パティも今朝は新聞を読んでいたから、企業というものは国の管理下に置かれるべきかどうかという点について、かなりくわしく語った。置かれるべきという社説の意見にパティは大賛成だった。庭師はほかの私有財産と同じに扱われるべきで、企業が自分たちでどんな経営をしようが、ほかのやつらの知ったこっちゃないと主張した。

「一セント、お願いします」と、パティは片手を差しだした。

「一セント？――なんでだね？」

「いま、〝やつら〟っておっしゃったでしょ。スラングやまちがった文法を使うたびに、罰金箱に一セントを入れないといけないんです。〝やつら〟はスラングよりずっと悪いです。ののしり言葉ですもの。だから五セントを請求すべきですけど、これが最初の違反だから、一セントにおまけしておきますね」

庭師は一セントを渡し、パティはこれを重々しくポケットに入れた。

「あそこの学校ではどういったことを教わっているんだね？」庭師は好奇心をのぞかせてたずねた。

パティはよろこんで例をあげた。

「相似する多角形の外周の比は、対応する辺の比と等しい」

「いつかそいつが役に立つとわかることだろうね」庭師は目をいたずらっぽくきらめかせて言う。

「とっても」パティは賛成した。「試験の日に」

三十分後には、タマネギを植えるのも疲れてきた。けれど、パティは最後までやり抜くつもりだったし、庭師が仕事を続けるかぎりは自分も打ちこんだ。ついに最後のタマネギが植えられ、庭師は立ちあがってきれいに並んだ苗の列を満足そうにながめた。

「今日はここまでにしよう」と、宣言した。「わしらは大いばりで休める」

ふたりは腰を下ろした。パティは手押し車に、庭師は逆さまにした桶《おけ》にだ。

「ウェザビーさんのところで働くのはいかがですか?」パティはたずねた。「新聞に書かれているみたいに、ひどい人なんでしょうか?」

庭師は軽く忍び笑いをもらし、パイプに火をつけた。

「うむ」慎重に言葉を選んでいる。「わしにはいつもとても親切にしてくれているが、敵が彼を愛するようになるとは思えんね」

「わたし、にくたらしい人だと思います!」と、パティ。

「なぜかね?」庭師はどこか挑戦するようにたずねた。自分で主人をこきおろすのは平気だが、よそ者がそれをやるのは許そうとしないのだ。

「温室のことで、とてもケチなんですもの。奥方様が――あっ、校長のトレント先生のことです――手紙を書いて、植物クラスに蘭を見せてほしいとお願いしたら、あり得ないくらい失礼で！」

「本人はけっしてそんなつもりはなかったはずだよ」庭師は弁解する。

「まあ、そうとは思えません！」パティは引き下がらない。「学校の生徒たちをたくさん走りまわらせて、植物のつるを折られてはかなわないって書いてきたんですよ――まるで、わたしたちがそんなことをするみたいに！　完璧《かんぺき》にきちんとしたお作法を身につけてるのに。毎週、木曜の夜に教わってるんですもの」

「たぶん、彼は少しばかり失礼だったかもしれんね」庭師もそこは賛成した。「だが、いいかね、彼はあんたみたいに恵まれてなかったんだよ、お嬢さん。若い淑女のための寄宿学校で作法を学ばなかったんだから」

「ほかのどこでも、お作法を学ばなかったみたいですけど」パティは肩をすくめた。

庭師は長々とパイプを吸い、目を細めて地平線を見つめた。

「あんたがほかの人にあてはめる基準で彼を判断するのは、とても公平なこととは言えんよ」庭師はのろのろと言う。「苦労の多い人生だったんだ。いまじゃ、歳《とし》をとったし、時々ひどくさびしく感じることだろうよ。世界中が彼の敵だ――それに人が親切にしてくれるときは、なにか目当てのものがあるからだって、わかるんだからな。あんたの先生も、温室を見せてほしいと頼むときは礼儀正しいが、彼のことを泥棒まがいの老いぼれだって信じているはずだよ！」

「その通りじゃないんですか？」と、パティ。

庭師は小さくほほえんだ。

「彼もほかのみんなと同じに、正直なときもあるよ」

「たぶん」パティはしぶしぶ認めた。「知りあってみれば、そんなに悪い人じゃないのかも。そんなことが少なくないですよね。そう、ローディのことがあるから。わたしたちのラテン語の先生です。ずっとあの先生のことを軽蔑《けいべつ》してたんですけど、試練の時に駆けつけてくれて、やばい大活躍だったの！」

庭師は片手を差しだした。

「一セント」

パティは彼の一セントを返した。

「先生はわたしが退学になるのを救ってくれたんです――本当に。それ以来、あの先生をにくめなくて。あのね、それがとてもさびしいんですよね。敵を持つのって、なんだか愉快だから」

「わしには大勢の敵がいたよ」庭師はうなずく。「そしていつでも、敵を楽しませてやってきた」

「たぶんですけど、そんな敵はとてもいい人たちじゃないですか?」パティはきいてみた。

「ああ、そうだ」彼は賛成する。「最悪の犯罪者というのは、よい面に目を向けると、とても気持ちのいい人たちであることが多いからね」

「ええ、本当にそう」と、パティ。「人を悪くするのは、だいたいは巡り合わせなんです。自分自身のことからそれがわかりました。たとえば、今朝は幾何学を勉強して歯医者さんに行くことしか考えないで起きたんですけど、それなのに――わたしはここにいるんですから! なので」さらに倫理の面を強調した。「犯罪者にはいつも親切にして、人生の巡り合わせが悪かったら、自分自身が刑務所に入っていたかもしれないって覚えておくべきです」

庭師が認めた。「その考えはわしもよく感じていることだよ。わし、いや、わしらということだが――」一瞬、楽しそうに考えこんでから話をまた始める。「ウェザビーさんは人にチャンスをあたえるべきだと信じているんだ。あんたに前科者の友達がいて、仕事を探しているんなら、ここに送るといいよ。わしらは以前、牛泥棒に牛の世話をさせ、殺人犯に蘭の手入れをさせていたんだ」

「なんて愉快なの!」パティは叫んだ。「いまもその人、いますか? ぜひ、殺人犯に会いたいです」

「しばらく前に出て行ったよ。ここは彼にはのんびりしすぎていたようだ」

「あなたはウェザビーさんのところで、どのくらい働いているんですか？」パティはたずねた。

「かなり長いことだね――そして懸命に働いてきた！」彼は少し挑むような口調で言いたした。

「彼があなたをきちんと評価していますように」

「うん、全体として評価してもらっているようだよ」

庭師はパイプから灰を落として立ちあがった。

そしてこう言いだした。「さて、イタリア式庭園を案内しようかね？」

「まあ、ぜひ。ウェザビーさんが気にしないと思うなら」

「わしは庭師頭だよ。わしがやりたいようにするさ」

「庭師頭なのに、どうしてタマネギを植えていたんですか？」

「あれはうんざりする仕事だ――わしの性格にはいい薬になる」

「まあ！」パティは笑い声をあげた。

「それにな、わしの下につく者たちをついつい働かせすぎるときも、わしは仕事の手をとめて、自分自身の腰がどれだけ痛いか考えることができるからね」

「あなたはウェザビーさんのために働くにはもったいない親切な人ですね！」パティは感心して言った。

「ありがとさん、お嬢さん」庭師はにやりとしながら、帽子に手をふれる。

イタリア式庭園はうっとりしてしまう場所で、大理石の階段と噴水と刈りこまれたイチイの木があった。

「わあ、コニーに見せたい！」パティは叫んだ。

「それは誰かね？」

「コニーはルームメイトです。今年は庭に強い関心があるの。ほとんどの植物を分析して植物学の賞をとるためです――とにかく、わたしはコニーが受賞するって思ってます。コニーとケレン・ハーシーとの競争なんです。植物クラスのほかの人たちはみんな脱落したの。メイ・ヴァン・アースデールが、わたしにいじわるするためにコニーを落とそうと動いているんです。彼女が始めた秘密結社にわたしが残ろうとしなかったから。彼女は街で蘭を手に入れて、それをケレンにあげるんですよ」

「ふうむ」庭師は複雑なくわだてを聞いて顔をしかめた。「ほかの者が手伝うのはいたって公平なことと言えるのかね？」

「言えます！」と、パティ。「分析は本人がしないといけないんですけど、友人が収集するのと標本台紙に貼《は》るのは大丈夫。みんな散歩に出るたびに、コニーかケレンのためにブラウスいっぱいに標本を持って帰るんですよ。いい子たちはコニーのために。ケレンはひどいガリ勉なんです。メガネをかけて、自分はなんでも知ってると思ってるような人で」

「わしはコニーさんの味方をしよう」彼は宣言した。「手伝えることがないかね？」

パティはおずおずとあたりを見まわす。

「ここにはたくさんの種類の植物がありますね」話を切りだした。「コニーが標本帳に持ってないものばかりです」

「運べるだけのものを持ち帰っていいよ」庭師は約束してくれた。「これから蘭の温室に行こうじゃないかね」

ふたりはイタリア式庭園をあとにして、ガラス屋根の温室へと向かった。パティはあまりに楽しく、馬車置き場の切妻屋根の時計と向かいあうまで、時間が過ぎたのをすっかり忘れていた。そして突然、聖アーシュラ学園の昼食は四十五分前に出されていたと気づいた――そしてお腹《なか》はぺこぺこだ。

「わあ、どうしよう！　昼食のことをすっかり忘れてました！」

「昼食を忘れるのは深刻な罪になるのかね？」

「そうじゃないですけど」パティはため息をもらす。「食べたかったなあって」

「短いあいだ、命をつなげるだけのものはわしが出してあげられるよ」

「まあ、お願いできますか？」パティはほっとしてたずねた。

一日に三回テーブルが準備されるのに慣れていて、誰がその支度をしてくれるのか気にしたこともなかった。

「牛乳を少しと」パティは遠慮しながら言った。「バターつきパンをちょっと、それに――クッキーをお願いできれば。それから、四時までは学園にもどれないんです。街に行った人たちが駅からもどる時間で、そのときうまいことまぎれこみます」

「あんたはあずまやで待っているといいよ。庭師小屋でどんな昼食が用意できるかわしが見てこよう」

彼は十五分でもどってきた。大きなバスケットを手に、くすくす笑っている。

「ピクニックをしようじゃないかね」そう提案した。

「わあい、そうしましょう！」パティは大はしゃぎで答えた。庭師と食事するのはちっとも気にならない。手は洗ってあるし、とても清潔に身繕いしてる人みたいだから。

庭師を手伝ってバスケットの中身を取りだし、噴水の隣の小さなあずまやのテーブルに並べた。レタスのサンドイッチ、カッテージチーズのひらたい包み、水差しいっぱいの牛乳、オレンジマーマレード、シュガークッキー、焼きたてのジンジャーブレッドを持ってきてくれていた。

「なんて完璧でやばいごちそう！」パティは思わず叫んだ。

庭師が手を差しだす。

「また一セントだよ！」

パティはからっぽのポケットをのぞきこんだ。

「貸しにしてください。お金をすっかり使っちゃって」

春の日射《ひざ》しはあたたかで、噴水はしぶきをあげ、風はモクレンの花びらをあずまやの床にまき散らしている。パティは好きなだけマーマレードを使い、満足してしあわせなため息をもらした。

「世界一愉快なのって、しなくちゃいけないことをサボることですね」

庭師はこの倫理に反する真実を認めて笑い声をあげた。

「あなたも仕事をしなくちゃいけないんですよね？」パティはたずねた。

「わしが注意を向けたほうがよさそうなちょっとしたことが、ほかにひとつ、ふたつあってね」

「それで仕事をしないでいると、うれしくありません?」

「べらぼうにうれしいね!」

パティは手を差しだした。

「一セント返してください」

一セントはパティのポケットにもどり、食事は楽しく進められた。心が浮き立っていて、パティがそうなるとまわりの人もつられる。囲い地から逃げだし、私有地に不法侵入をして、タマネギを植え、庭師頭とイタリア式庭園でピクニック——こんなに目まぐるしい冒険なんかしたことがない。庭師頭も脱走した女生徒に避難所を作ってあげるという、わくわくする経験を楽しんでいるようだった。ふたりともこの悪ふざけをおもしろがっていた。

あくまでも公平なパティが、最後のジンジャーブレッドのかたまりをきっちり半分にわけていると、背後の砂利道から足音が響いたので、びくりとした。ふたりの集いに飛びこんできたのは馬番だった。真っ赤な顔をして、はあはあと息があがっている若者で、立ちつくして無意識にお辞儀している。パティは少し心配になって見つめかえした。友達をこまった目に引きずりこんだのでなければいいけれど。イタリア式庭園で、庭師が脱走した女生徒をもてなすなんて、お屋敷の決まりにいかにも反していそうだ。馬番はこちらを見つめては、ぺこりと頭を下げつづけ、庭師は立ちあがって彼に向かいあった。

「どうした?」庭師はいささか鋭い口調でたずねた。「なんの用だ?」

「申し訳ございません、だんな様。ですが、この電報が届きまして。リチャードの話だと重要な件のようだということで、おれにだんな様を探してこいと」

庭師は電報を受けとり、さっと目を通すと、ポケットから取りだしたゴールドのシャープペンシルで裏に返事を走り書きして、ぶっきらぼうにうなずくと馬番を下がらせた。封筒はテーブルにひらりと落ち、表が上になっていた。意図せず宛先《あてさき》がパティの目に入り、どういうことなのかぱっと理解すると、石の椅子《いす》の背に顔を隠してゲラゲラ笑った。同席者は一瞬だけおどおどしていたが、やはり笑い声をあげた。

「あんたはわしをどれだけ無礼だと思っているか、楽しそうにずけずけと言い散らかしていたね。記者連中でもこんなことは、なかなかできんのに」

「あら、だって、それはあなたのことを知る前の話です! いまでは、あなたが完璧に見事なお作法の持ち主だって思ってます」

彼は感謝して頭を下げた。

「これからはもっと行儀を身につけるよう努力するよ。近々、午後にでも、聖アーシユラ学園の若い淑女たちにわしの温室を好きに見学してもらえるとうれしいね」

「本当ですか？」パティはにっこりした。「なんてご親切に！」

ふたりでバスケットをかたづけると、パンくずは噴水の金魚におすそわけした。

「さて、じゃあ」彼はたずねた。「どちらを先に訪れたいかね？　絵画ギャラリーか、蘭の温室か？」

パティは午後四時に蘭の温室から現れ、コニーの標本帳のために、あたらしいコレクションを腕いっぱいに抱えていた。大きな黄色の四頭立て馬車が、きれいに洗われて厩舎《きゅうしゃ》の前に用意されていた。パティは素敵だなとしげしげとながめた。

「わしにこいつで学校まで送らせてくれんかね？」

「まあ、ぜひそうしたいです！」パティはえくぼを作る。「でも、残念ながら、かしこいこととは思えないかも」さらに考えて言いたした。「ええ、かしこいとはぜったい思えません」パティはきっぱりと背を向けた。道路に目を向けると、ぱっとなにかを認めた表情になった。

「霊柩車だ！」

「霊柩車？」

「はい、学校の送迎馬車なんです。もう帰らないと」

彼はパティに付き添って、家庭菜園と魔法の森を抜け、パティが有刺鉄線の下をくぐってもう片方のブラウスの肩に穴をこしらえたときは、花を持ってくれた。

ふたりは有刺鉄線越しに握手する。

「タマネギも蘭の花も、どちらも楽しかったです」パティは礼儀正しく言った。「特にジンジャーブレッドが。それから、もしも仕事が必要な前科者の友達ができたら、あなたのところに送っていいですか?」

「そうしなさい」彼は勧めた。「その人たちにここで仕事を見つけてやろう」

パティは帰ろうとしてから、また振り返って彼にさようならと手を振った。

「やばいくらい楽しかったです!」

「一セント!」彼は呼びかけた。

パティは、あはははと笑い、駆けていった。

11 レモンパイとモンキーレンチ

エヴァリーナ・スミスは若い人にしては風変わりな趣味の持ち主で、超自然現象にやたらと手を出したがった。文学の好みはエドガー・アラン・ポー。信仰では、心霊主義に偏《かたよ》っている。お気に入りの娯楽は、ぶるぶる震える友達を数人集めて、ガス灯を消し、幽霊話をすること。奇怪な出来事について、それはもうたくさんのレパートリーを誇り、しかも作り話ではなく、彼女が知る人々の実体験だった。自分でもひとつ、ふたつの幽霊がらみの経験をしたことがあるくらいだ。そして彼女は目を見ひらいて声を落とすとくわしいことを語りはじめ、聞き手たちはおたがいに手をつないで震えあがるのだった。エヴァリーナがつきあっている友人たちは、たいしてユーモアのセンスがなかった。

聖アーシュラ学園のある土曜の夜は、いままでにないほどイベントが多かった。エヴァリーナは〈東棟〉の自分の部屋で幽霊パーティをひらくことになっていた。ナンシー・リーは〈中央棟〉で大好きな友達十人を誕生日のごちそうに招待。〈ヨーロッパ歴史クラス〉は三十年戦争のところが終わったお祝いに、キッチンで糖蜜《とうみつ》キャンディ作り。キッド・マッコイは〈南部回廊〉のはしからはしまで使って、ポテトレースを主催していた。参加費は切手一枚で、賞品は帽子を入れるような大きな円筒形の箱にしっかりと収められ、二十五セントの価値があると保証されている。

パティは人気者なので四つのイベントすべてに招かれていた。ナンシーのごちそうはことわった。特に仲の悪いメイ・ヴァン・アースデールも招待されていたからだ。けれど、そのほかの招待は受け、イベントをわたり歩くお客として、いそがしい夜を過ごしていた。

ジャガイモをティースプーンにあぶなっかしいバランスでのせると、テーブルの上を歩き、次のテーブルの下をしゃがんで進み、天井から吊《つ》られた鉄輪をくぐり、廊下のつきあたりのくずかごにジャガイモを入れた。正確なタイムは二分四十七秒（キッド・マッコイはストップウォッチを持っていた）。これまでのところの最高記録で、パティは期待しながら箱の近くで数分ほどぐずぐずしていた。でも、あらたな参加者たちがどっとやってきたので、賞品をもらうのはお預けとなったから、時間のある審判たちに判定は任せることにして、ふらりとエヴァリーナの部屋に向かった。

そこは暗く、明かりと言えば、アルコールと塩を混ぜた気まぐれな青い炎が、ファッジ用の焼き皿のなかで燃えているだけだった。お客たちはクッションの上に膝《ひざ》を抱えて座っているのが、たよりない明かりのなかでまだらになって見える。パティはあいたクッションに黙って腰を下ろし、礼儀正しくエヴァリーナに注意を向けた。このとき、エヴァリーナはひとり盛りあがって語っていた。

「さて、いいですか。わたしは去年の夏にとても驚くべき経験をしました。心霊主義者のキャンプを訪れ、降霊会に参加したのです」

「それ、なあに？」ロザリー・パットンが質問する。

「降霊会は魂が霊媒におりてきて、生きていた頃のように話せるものに決まっているじゃない」エヴァリーナはちょっとえらそうに説明した。ロザリーは招かれた客でしかなく、心霊主義者でもなんでもない。

「まあ！」ロザリーはぼんやりとだけ理解した。

「本当はなにか起こるなんて、思っていませんでした」エヴァリーナは話を続ける。

「お金を払って参加するとは、なんて愚かだったんだろうと思っていたら、霊媒が目を閉じ、ガクガクと震えはじめたのです。五年以上前に亡《な》くなった、美しくて若い女性の霊が見えると言いました。女性は水のしたたる白い服を着て、片手にモンキーレンチを持っていると」

「モンキーレンチ！」パティは叫んだ。「なんでそんなものを」

「わたしだって、さっぱりわからないわよ」エヴァリーナはいらだったように言う。「起こったことをそのまま、話しているだけなんだから――霊媒は女性のフルネームを聞きだすことはできませんでしたが、ファーストネームは〝S〟で始まると言いました。わたしはそれでたちまち、いとこのスーザンだとわかったんです。井戸に落ちて溺《おぼ》れたの。何年も彼女のことは考えていなかったけれど、容姿の描写がぴったりでした。それでわたしから霊媒にたずねると、少ししてから、そうだ、スーザンだと言ったんです。彼女はわたしに忠告するためにやってきたと」

エヴァリーナは印象づけるように間をあけ、聞き手たちは緊張しながら注目して身を乗りだした。

「忠告！」フローレンス・ヒソップが息をのむ。

「そうです。彼女はわたしに二度とレモンパイを食べるなと言いました」

パティはぷっと吹きだしそうになったのをこらえて、むせてしまった。エヴァリーナはじろりと彼女を見て、話を続ける。

「霊媒はふたたび震えると、口寄せ状態から抜けだし、自分がなにを話したか、ひとつも覚えていませんでした！　レモンパイとモンキーレンチのことを話すと、わたしと同じように、どういう意味かさっぱりわかってなかったのです。霊媒は、霊界からのメッセージは説明できないことが少なくない、ただし、小さなことを持ちだしているように思えても、実際は深くて隠された意味があるものだと言ったのです。おそらく、いつの日か、レモンパイでわたしを毒殺しようとする敵に出会うのでしょうから、いいどんなことがあっても、二度とレモンパイは食べてはいけないのです」

「本当に食べてないの？」パティはたずねた。

「あれから一度も」エヴァリーナは悲しそうに言う。

パティは言いたいことを科学的な質問にまとめた。

「霊媒師は本当のことを言ったと思う？」

「疑う理由はなかったわ」

「じゃあ、あなたは本当に幽霊を信じてるの？」

「魂を、ということね？」エヴァリーナがおだやかに訂正する。「そうでなければ説明のつかない妙なことがたくさん起こるわ」

「いとこの魂があなたのもとに現れたら、どうだろう？　あなた、怖がるの？」

「怖がるもんですか！」エヴァリーナはもったいぶって言う。「わたしはいとこのスーザンが大好きだったの。彼女の魂に怯《おび》える理由はないわね」

ぐつぐつと煮える糖蜜のにおいが、二階まではっきりただよってきた。それで、パティは失礼してキッチンへ向かった。エヴァリーナが暮らす崇高なる魂の高みは、ふつうの人間が息をするには空気がちょっと薄すぎるな。

糖蜜キャンディは平皿に注がれる段階だった。

「こっちに来て、パティ！」プリシラが指示した。「あなたったら、なにも仕事をしなかったわね。食料貯蔵室にひとっ走りして、バターを持ってきてちょうだい。これから成形するから、キャンディが手にくっつかないようにするの」

パティはやる気まんまんで、料理人といっしょに貯蔵室へ向かった。純粋にバターのことだけを考えて。すると貯蔵室の棚に、明日のデザートが並んでいた――白いメレンゲでてっぺんをきれいに飾られた十五個のレモンパイの列。それを見て、突然いけない誘惑におそわれた。頭のなかのまともな部分が一瞬は誘惑と戦ったけれど、結局、負けてしまった。料理人のノーラがバター桶《おけ》に身をかがめている隙《すき》に、窓を開け、鉄格子《てつごうし》のすきまから器用にパイをひとつ外の窓棚に押しだした。ノーラが顔をあげる頃には、窓はふたたび閉められ、パティはむじゃきにオリーブオイルの瓶のラベルを翻訳していた。

キッチンの人目につかない隅っこでキャンディを引っ張って成形しながら、パティは大得意になってコニーとプリシラに計画を打ち明けた。コニーはいつもどんないたずらの計画でも乗り気になるけれど、プリシラはたまに説得しないとならなかった。彼女は——まことにタイミングの悪いことに——道徳観念が成長しはじめており、ほかのふたりはまだそんなことはなく、のんきなもので、たまにプリシラを説得しきるのはむずかしいと感じた。

結局プリシラはしぶしぶ賛成し、一方のコニーは熱心に、自分がモンキーレンチを手に入れると名乗りをあげてくれた。運動部のキャプテンだから、この件についてはパティより彼女のほうがうまくやれるだろう。コニーは大急ぎで厩舎《きゅうしゃ》を訪れると、表向きはテニスコートのラインの引き直しについてマーティンに相談しながら、これはと思うモンキーレンチを彼の作業台から選びだし、さりげなくセーターの下に隠し、まんまと持ち去った。コニーとパティは遠回りして人目につかない道を通り、自分たちの戦利品を〈パラダイス横町〉に運んだ。途中、何度もびくびくしたり、その後ではくすくす笑いを何度も押し殺したりしたけれど、ついにモンキーレンチとレモンパイ——てっぺんのメレンゲが少し削れているが、レモンだとはっきりわかる——は無事にパティのベッドの下に隠され、夜更《よふ》けの冒険でそれぞれの役割を果たすのを待った。

消灯の鐘はいつものように九時三十分に鳴ったが、聞き流された。落ち着きのないお祭り騒ぎの精神がみなぎったままだ。〈赤ちゃん寮〉の幼い少女たちまで廊下で枕《まくら》投《な》げをして浮かれていたけれど、奥方様じきじきに寝なさいときびしく注意された。糖蜜キャンディ班がぎとぎとする手を洗って二階にあがったのは十時近かった。

パティは、ポテトレースの審判たちから優勝したと知らされた。やじ馬たちが集まり、パティが賞品の箱を開けるのを見守った。中身はお葬式のブリキ製の花輪だった。村の葬儀屋さんの窓に冬のあいだ飾られていたものだ。キッドはこすっても落ちない小さなシミがいくつもあるからと、安く買い取ったのだ。花輪を輝く棒の先っぽに取りつけ、〈ジョン・ブラウンの亡骸《なきがら》〉の歌に合わせて廊下をぞろぞろ行進していたら、マドモワゼルがむだなあがきをして、揉《も》み手をしながら、静かにするように頼みこんだ。

「わたくしのかわいい子供たち《メ・シェール・ザンファン》——十時ですよ。落ち着いてください《ソワイエ・トランキル》な。パティ——おやおや《モン・デュー》——なんて悪い子なんでしょう！　マーガライト・マッコイ、わたくしの声が聞こえませんの？　ほらほら《ヌー・ヴロン》！　自分のお部屋にお行きなさいな、いまスグーニ！

あなたたちはわたくしの棟ではないでしょう。あなたたち！　お願いですから。おやすみなさい――みんな――即刻《トゥ・ドゥ・スイット》ですよ！」

行進する者たちは歓声をあげて歩きつづけ、とうとうロード先生が〈東棟〉から遠征してきて静かにするよう命じた。カンカンになったロード先生は効果ばつぐんだ。征服された〈パラダイス横町〉にしばしの平和が訪れ、先生は自分の野営地へともどった。けれど、またもや騒ぎが起きた。誰かが横町の全員のベッドにたっぷりとグラニュー糖をまき散らしていたのだ。パティとコニーは自分たちのベッドにもたくさんの量が振りまかれていなければ、疑われたことだろう。ベッドをふたたび整えるまでさらに三十分がかかり、学園はようやく落ち着いて眠りにつくことになった。

当番の先生が最後の巡回をしてすっかり静まり返ると、パティはベッドの布団《ふとん》をめくり、そっと床に降り立った。まだ普通に服を着たままで、靴だけはもっとやわらかな底の室内履きに変えてある。夜の冒険にはそのほうが都合いい。プリシラとコニーも彼女に合流した。運よく、満月が空高く輝き、人工の明かりを用意する必要がなかった。ふたりの協力者に手伝ってもらい、パティは自分のベッドのシーツを身体《からだ》にまとい、たっぷりした二枚の翼を作ると、安全ピンでしっかりとめてもらった。枕カバーが頭からかぶせられ、耳に見立てて角がとんがるように結び目が作られる。仲間たちはハサミを手にちょっとためらった。

「急いで鼻のところを切って」パティはささやく。「窒息しちゃう！」

「まだ問題なく使える枕カバーを切っちゃうのは、なんだかいけないことよね」プリシラが少し良心に目覚めて言った。

「教会の募金箱にお金を入れるから」パティは約束した。

鼻と目のところが切られた。大きくニヤリとした口と、悪魔のようにカーブした眉《まゆ》毛《げ》が焼きコルクで描かれた。枕カバーはぜったいにはずれないよう首のところでしっかりと結ばれていて、左右で不揃《ふぞろ》いな耳が揺れている。パティはまともなお墓から出てきたとは思えないおっかないおばけになった。

こうした準備にはいささか時間がかかった。あと十分で十二時だ。

「十二時になるまで待つね」と、パティ。「そうしたら、エヴァリーナの部屋に飛んでいって翼をばたばたさせて、ささやくの。〝来たぞ！〟って。レモンパイとモンキーレンチをベッドの近くの床に置いておくから、夢じゃなかったってエヴァリーナはわかる」

「あの子が悲鳴をあげたらどうするの？」プリシラがたずねる。

「悲鳴をあげるはずないよ。あの人は幽霊が大好きなんだもの——特にいとこのスーザンは。今夜だって、ぜひスーザンに会いたいって言ってた」

「でも、もしも悲鳴をあげたら?」プリシラはねばる。

「そうなったらすることはひとつ! 逃げ帰って、ベッドに飛びこむ。ほかの人たちが起きる前に、わたしはぐっすり眠ってるから」

偵察のために誰もいない廊下に出て、静まり返っていることを確認した。どのひらいたドアからも規則正しい寝息が聞こえるだけだ。エヴァリーナは幸運にも一人部屋だが、不幸なことに〈東棟〉のいちばん奥で、パティ自身の部屋からは建物の正反対にある。コニーとプリシラは室内履きとガウン姿でパティのあとから忍び足で続き、パティは〈パラダイス横町〉の入り口まで飛ぶように移動し、中央ホールの天窓から射《さ》す月明かりの下で行ったり来たりして、翼をはためかせた。ふたりの見物人たちはおたがいにしがみつき、わくわくしながらも震えた。裏方として変身を手伝ったというのに、はっきり怖いと感じた。となると、寝ているところをいきなり起こされてこれを見たら、しかも幽霊を信じている人だったらどうなるのか、ちょっとだけ心配になった。〈東棟〉の入り口でふたりはパティにレモンパイとモンキーレンチを渡し、自分たちの棟へ引き返した。騒ぎになったときに備えて、自分の部屋からあまり遠いところで見つかりたくない。

パティはすいすいと廊下を進み、あくびをする口みたいにひらかれたドアの前をいくつも通り過ぎ、エヴァリーナの部屋に入ると、ほんのり射している月明かりのまんなかに立った。おばけみたいな声で何度か「来たぞ！」とやったが、ぜんぜん反応がない。エヴァリーナは眠りが深かった。

パティはベッドの足元を揺さぶった。眠り姫は少し身じろぎしたけれど、起きない。これにはいらいらだ。幽霊役は近くの生徒たちを目覚めさせるほどの物音を立てるつもりはなかった。レモンパイとモンキーレンチを布団に置くと、またベッドを揺さぶる。今度は地震みたいにすさまじく。パティが小道具をまた手に取ろうとすると、エヴァリーナはガバリと身体を起こし、布団をいきおいよく首まで引っ張った。パティにはなんとかパイを救うだけの時間しかなかった――モンキーレンチはゴトンと床に落ちる。あせったパティの感覚では、その音はこだまして、廊下の奥から二倍になってもどってきたようだ。翼をはためかせたり、〝来たぞ〟とつぶやくチャンスはなかった。エヴァリーナはそんな合図が出されるのを待たなかった。目一杯、口を大きくひらくと、耳をつんざくように激しい悲鳴を次々にあげ、パティは一瞬、びっくりしすぎて身体がすくんだ。それから、パイを抱えたまま、背を向けて逃げだした。

こまったことに、悲鳴への反応は早かった。学園中が目を覚まして、金切り声をあげているみたいだ。ドアがバタンという音や、この騒ぎはどこで起こっているのと、怯えながらたずねる声が聞こえる。混乱と暗闇《くらやみ》にまぎれてうまく逃げきれると信じ、自分の部屋に向かって急いで走っていると、ロード先生が花柄のガウンという派手な格好で廊下の突き当たりに現れた。パティはロード先生の腕のなかへと、まっしぐらに走っている格好だ。おそろしくて息をのみ、回れ右して、悲鳴をあげるエヴァリーナのほうへもどった。

この頃には、はさみうちになったと気づいた。

〈東棟〉からは、使用人たちの棟に通じる狭い連絡通路が延びている。そこに飛びこんだ。裏階段までたどり着ければ、無事に逃げきれるはず。棟の入り口のドアを少しだけ押し開けると、ぞっとしたことにここのほうが大騒ぎになっていた。使用人たちの部屋はパニックにおちいっていたのだ。マギーがピンクの縞《しま》の毛布にくるまって駆け抜けていくし、みんなの混乱した声のなかでひときわ高く、ノーラのなまりの強い言葉が聞こえる。

「助けて！　おっかさん！　泥棒がおったよ！」

パティはドアを閉め、縮みあがって連絡通路に引きさがった。うしろでは、エヴァリーナがまだヒステリーのようにわなないている。

「幽霊を見た！　幽霊を見た！」

パティの前では、〝泥棒だ！〟の叫びが大きくなっていく。

ダブルでそんな主張をされて途方に暮れたパティは、ありがたいことに真っ暗な連絡通路の壁にぺたりと身体を押しつけた。学園は電灯をつけるよう電力会社に申し込みしているのだが、まだ取りつけられていないことに心の底から感謝だ。何人もの声がマッチをお願いと呼びかけているけれど、誰も見つけられないらしい。パティはあえぎながら、首のところでとめられた枕カバーを引っ張った。でも、コニーが白いヘアリボンでしっかりと結んでいて、結び目はうしろにある。どちらにしても、この仮装を脱げば、見つかったときに言い訳できなくなる。夕食のときの白いドレスのままで、いくら想像たくましいパティでも、夜中の十二時にこの服装をしている口実はひねり出せない。

捜索隊が近づいてきた。前方にランプのちらちらする明かりが見える。いまこのときにも、通路のドアが開けられてしまうだろう。手近な逃げ場はシーツ類の収納室だけ――それはほんの一時しのぎでしかない。それでもドアの取っ手を探ると、そっと収納室に入った。もしもシーツが積んであれば、いちばん下にもぐりこんで、気づかれないことを祈っただろう。パティ自身がほぼほぼシーツなんだから。けれど土曜日なので、すべてのシーツはなくなっていた。収納室には洗濯物の投げこみ口があって、長くて滑りやすい傾斜板の先は二階ぶん下の地下にある洗濯室だ。すでに通路から足音が聞こえる。ロード先生の声がこう言った。

「明かりをこちらに！　シーツ収納室を調べます」

パティはためらわなかった。もう頭のなかでは、ロード先生にぎゅっと肩を押さえつけられる感じがするくらいだ。首が折れたほうがまだいい。

レモンパイを持ったまま――頭に血がのぼって砕けそうに握りしめていた――投げこみ口によじのぼると、まっすぐ足を前に突きだして身体を押しやった。息をのむ二秒のあいだ、さーっと滑りおりていき、いちばん下で足がはねあげ戸にぶつかったかと思うと、洗濯室に飛びこんでいた。

そのほんの少し前のこと。キッチンにつながる階段のドアが注意深く開けられ、ひとりの男が洗濯室にすばやく忍びこんでいた。彼は誰もいない月明かりに照らされた部屋を、心からほっとしてちらりと見たところで、パティとレモンパイがいきおいよくぶつかってきた。ふたりともばたばたする翼に巻きこまれて転んだ。上に乗っかっているパティがまず立ちあがった。まだレモンパイを握りしめている――少なくとも残っている部分は。白いメレンゲは男の髪と顔にべたりとくっついているけれど、レモンクリームの部分はいまでも無事だった。男はぼうぜんとして身体を起こすと、目元のメレンゲをこすりとり、自分に突進してきた相手をじろりと見てから、よろめきながら立ちあがった。身体を支えるように壁にぺたりと背中をつけると、両手を大きく突きだす。

「ちくしょう！」彼はむせた。「おれは腐れ地獄に迷いこんだのかよ」

パティは彼の言葉遣いに目をつぶった。レディに話しかけているのだと、わかっていないようだから。パティが悪魔だと思いこんでいるようだ。

この頃には枕カバーがすっかり傾いていた。片耳は北を指し、もう片方は南東を指しているから、片目からしか外が見えない。このなかはとても暑く、パティは息切れしていた。おたがいに心臓をどきどきさせながら、一瞬、ただ見つめあって肩で息をする。そのとき、パティの頭が働きはじめた。

「たぶん」こう話しかけた。「みんなが叫びまわっている泥棒というのが、あなたね？」

男はぐったりと壁にもたれて見つめ返す。メレンゲのからまった髪のあいだから、見ひらいておびえた目がきらりと見える。

「わたしは」パティは自己紹介をこう締めくくった。「噂《うわさ》の幽霊のほうよ」

彼は息を押し殺し、なにかつぶやいた。祈っているのか、ののしっているのか、聞き取れない。

「心配しないで」パティはやさしくこう言いたした。「あなたを傷つけたりしないから」

「ここはイカれた連中の病院なのか？」

「ただの女子校」

「まさか！」

「シーッ！」と、パティ。「こっちを探しにやってきた！」

上のキッチンで走りまわる足音が聞こえ、先に泥棒と叫んでいた甲高いソプラノの声に、今度はバスの声がいくつかくわわった。厩舎から男性の使用人たちが到着したのだ。泥棒と幽霊は一瞬、息をのんで顔を見合わせた。おたがいに追われる身で、共感が芽生えつつあった。パティはちょっとだけためらってから、メレンゲの隙間から見える男の顔を観察した。正直そうな青い目とブロンドの巻き毛の持ち主だ。パティはいきなり手を伸ばし、彼の肘《ひじ》をつかんだ。

「早く！　すぐにここを探しにくる。隠れる場所を知ってるから。いっしょに来て」

抵抗しない彼を引っ張って廊下に入ると、広い地下室の一角を板でしきって作った物置き部屋に入った。演劇部の背景幕を保管している場所だ。

「両手と両膝をついて、わたしのあとに続いてね」そう指示すると、身体をふせて積まれたカンバスの裏に飛びこんだ。

男もあとから這《は》ってきた。ふたりは向こう側の奥、カンバス製の木の裏の狭い隅っこにたどり着いた。パティは切り株に腰を下ろし、お仲間には木でできた岩に座るよう勧めた。

「ここを探そうなんて考えつかないはずよ」そうささやく。「這ってくるにはマーティンは太りすぎてるもの」

鉄格子のある小さな窓からかすかな月明かりがいくらか射し、おたがいをもっとゆっくりながめるチャンスが生まれた。いまだに男はパティといっしょにいることが落ち着かないようだ。椅子《いす》がわりの岩のできるだけ遠くに座っている。やがて、彼は上着の袖《そで》で頭をこすり、メレンゲを長いこと真剣にながめた。その正体がなにかつきとめて、あきらかにとまどっている。慌《あわ》ただしい出来事が続いて、パイにまったく気づいていなかったのだ。

パティは片目で彼を見つめた。

「わたし、暑くて溶けちゃいそう！」と、ささやいた。「結び目をほどいていただける？」

頭を下げて、うなじが見えるようにした。

この頃には、男もいっしょにいるのが人間らしいと知ってやや安心し、言われるままに結び目をほどこうとしたが、手が震えていた。ようやくほどけると、パティはほっとしてため息をもらしながら、顔を出した。髪はいくらか乱れ、顔は焼きコルクの跡がついているけれど、青い目は男自身の目と同じように正直そうだった。これを見て彼は落ち着いた。

「やれやれ！」安心感がどっと押し寄せた彼はつぶやいた。

「まだ静かに！」パティは注意した。

捜索隊が近づいていた。洗濯室をドタドタと歩く足音がして、男性陣の話し声が聞こえる。

「幽霊と泥棒かい！」マーティンがだいぶバカにする口調で言った。「いかにもな組み合わせじゃないか？」

彼らは念のためにいちおう、石炭貯蔵庫まで調べた。マーティンはおどけてたずねる。

「かまどのなかはのぞいたか、マイク？　おい、オオサキよお、あんたは小さい。ちよいと煙突を這いのぼって、幽霊が隠れてないか見てくれよ」

彼らは演劇部の物置き部屋のドアを開け、なかをのぞいた。泥棒はさっとうつむいて息を殺し、パティのほうは間の悪いときにくすくすと笑いたくなって、がまんした。マーティンはふざけたい気分だった。犬を呼ぶようにして口笛を吹く。

「おーい、幽霊さん！　こっちだ、泥棒さん！　おいで、あんたたち！」

彼らはバタンとドアを閉め、足音が遠ざかっていった。パティは発作でも起こしたみたいに身体を前にうしろに揺らし、シーツのはしっこを口に詰めて笑い声が聞かれないようにした。泥棒は歯をカタカタ鳴らして震えている。

「まったく！」彼は息を吐いた。「あなたには笑い事かもしれないけどね、お嬢さん。おれは見つかれば刑務所送りなんだよ」

パティは笑いの発作をとどめ、むっとして彼を見つめた。

「わたしだって見つかれば退学よ。そこまでいかないとしても、ひどい罰が待ってる。でも、あれこれ心配しても仕方ないじゃない。あなたって、善良な泥棒なのね！　覚悟を決めて、くよくよしないで！」

彼は額を拭《ふ》き、またもやメレンゲを少し取り除いた。

「それに、こんな建物に泥棒に入るなんて、ずいぶんと素人《しろうと》さんだな」パティは嘆くように言った。「ここの銀器はメッキだって知らなかった？」

「銀器のことなんて知るもんか」彼はむくれて言う。「片流れ屋根の窓が開いてるのを見て、よじ登ったんだよ。腹が減っていて、食べもんを探してたんだ。昨日の朝からなんも食べてなくて」

パティは切り株の隣の床に手を伸ばした。

「パイをどうぞ」

パイが差しだされると、男はびくりと身を引いた。

「そりゃ、な、なんだい？」しどろもどろだ。

彼は檻《おり》に入ったネズミみたいに神経質だった。

「レモンパイよ。ちょっと妙な見た目だけど、大丈夫。上のメレンゲがなくなっただけ。ほとんどがあなたの頭についたの。残りはわたしと洗濯室の床、それにエヴァリーナ・スミスのベッドと洗濯物のシューターに」

「おお！」彼はあきらかにほっとしてつぶやき、両手で髪を拭《ぬぐ》う仕草をした。これで四回目だ。「このいまいましいものはなにかと思ってたよ」

「でも、レモンクリームは全部残ってるから」パティは勧めた。「ぜひ、召しあがって。とても栄養があるはずよ」

彼はパイを受けとると、ガツガツと食べた。昨日の朝食以来という主張を裏づけている。

パティは彼を見つめた。生まれもった好奇心と、身につけたお行儀が戦っている。勝ったのは好奇心だった。

「どうして泥棒になったのか、話してもらえる？　あなたって、とてもヘタな泥棒なんだもの、ほかの職業を選べばよかったのにと思えてならなくて」

彼はパイをかじりながら身の上話をした。前科についてもっとくわしい人には、少しうさんくさい話に聞こえただろうが、彼は正直な顔と青い目をしていたし、疑う気持ちはパティの頭に少しも浮かばなかった。泥棒は気むずかしく話を始めた。これまで誰も彼の話を信じた人はなく、パティについても期待していなかった。もう少し説得力のある話でもこしらえたかったが、文句なしの嘘《うそ》を語る想像力に欠けていた。だからいつものように、たどたどしく本当のことを語った。

パティは耳を澄まして話を聞いた。レモンパイのせいでくぐもって聞こえたし、彼の使う単語はパティの使うものと同じとはかぎらなかったのだが、なんとか要点はつかんだ。

もともと彼は庭師だった。最後に働いた家では屋根裏で寝泊まりしていた。そのお宅のだんな様は留守にすることが多く、奥様は家のなかに男性がひとりもいないと不安だったからだ。ある夜、ずっと友人だと思っていたガスの工事人が彼にビールを飲ませ、酔っ払わせ、裏口の鍵《かぎ》を盗んだ。そして彼（庭師）が裏庭にある、リンゴの木の下の子供用の砂場でぐっすり眠っているうちに、ガスの工事人は家に入り、外套《がいとう》、銀のコーヒーポット、葉巻一箱、ウイスキー、傘二本を盗んだ。そして犯人は彼（庭師）だとされて、二年間、刑務所に送られた。出所すると、誰も彼に仕事をあたえようとしなかった。

「そんでもって、まちがいなく」彼は苦々しくつけくわえる。「あのビールには薬が入れてあったんだよ！」

「まあ、でも、酔っ払ったのはだめよ！」パティはショックを受けて言った。

「あれはたまたまだよ」彼は言い張る。

「あなたが二度とそんなことをしないって言えるなら、仕事を見つけてあげられるけど。でも、紳士としての名誉にかけて、約束しないとだめよ。酔っ払いは推薦できないもの」

彼は弱々しくにやりとした。

「前科者をほしがる人なんか見つからないって、わかることだろうね」

「あら、見つかりますとも！　ぴったりの人を知ってる。わたしの友達で、前科者が好きなの。自分が犯罪者じゃなくて大富豪になれたのは、巡り合わせでしかないって気づいている人よ。人にやり直すチャンスをいつもあたえるの。温室の世話係に殺人犯を、牛の乳搾《ちちしぼ》りに牛泥棒を使っていたことがあるって。きっと彼はあなたが気に入るから。いっしょに来て、推薦状を書きましょう」

パティは広がったシーツを身体に引き寄せ、ここから這いでる準備をした。

「どうするつもりだい？」泥棒は急いで質問した。「おれを引き渡すつもりじゃ？」

「そんなことあると思う？」パティはあきれて彼を見つめた。「どうやれば、あなたを引き渡せるの？　同時にわたしも引き渡すことになるでしょ？」

この理屈に納得し、彼はおとなしく両手と両膝をついた。パティは洗濯室のドアに近づき、警戒して聞き耳を立てる。捜索隊はほかの棟に引きあげていた。パティは通路を案内して階段をあがり、ひっそりした幼稚園室に忍びこんだ。

「ここなら安全よ」と、ささやく。「ここはもう探しおわっているの」

なにか書けるものはないかとあたりを見まわした。インクは見つからなかったが、赤いクレヨンを発見し、習字帳から紙を一枚やぶった。上に〝しょうじきがいちばん〟と流れるようなお手本の文字が書いてある。

パティはクレヨンを構えてためらった。

「タマネギや蘭《らん》みたいなものの世話をするいい仕事が手に入ったら、二度とビールは飲まないって約束できる？」

「できるさ」彼はそう答えたが、あまり熱意のある口ぶりではなかった。

落ち着きのない目になっていた。彼のこれまでの経験は、今夜の冒険とはくらべものにならないつらいものだった。それで、警察に待ち伏せされるのではないかと疑っていたのだ。

「だって」パティは話を続ける。「あなたが酔っ払ったら、わたしはとてもこまっちゃうもの。ほかの泥棒を推薦する気をなくしてしまう」

パティは月明かりをたよりに、窓枠のでっぱったところで手紙を書き、声に出して読んだ。

親愛なるウェザビー様
わたしが脱走してあなたのタマネギ園におじゃました日の会話を覚えていますか？　犯罪者もわたしたちと同じようにとてもいい人間であることが少なくないと思う、わたしが紹介するどんな前科者にも仕事を見つけようとおっしゃいましたね。知り合いになった泥棒をここに紹介いたします。庭師の仕事につきたいと思っている人です。庭師としての訓練を受け、泥棒よりもそちらのほうをずっと好んでいるのですが、刑務所にいたので仕事を見つけることがむずかしいのです。誠実で、正直で、働き者で、お酒を飲まないと約束しています。彼にご親切にしていただけたら感謝いたします。
かしこ
パティ・ワイアット
追伸――この赤いクレヨンをお許しください。真夜中に、月明かりをたよりに幼稚園室で書いていて、インクは鍵のかかったところにあるのです。この泥棒さんが状況を説明してくれるでしょう。手紙に書くには複雑すぎるのです。
あなたの友
P・W
この手紙を、編みマットが何枚も入っていた大きな茶封筒に入れると、サイラス・

ウェザビー様と宛名《あてな》を書いた。男はおずおずとこれを受けとった。爆発するのではと思ってでもいるみたいだ。

「どうしたの？」と、パティ。「心配？」

「ぜったいに」彼は怪しむようにたずねた。「サイラス・ウェザビーというのは警官じゃないんだね？」

「鉄道会社の社長さんよ」

「そうか！」泥棒はほっとしたようだ。

パティは窓の錠を開けてから、手をとめ、最後に道徳のお説教をした。

「わたしはあなたにやり直すチャンスをあげようとしてるの。勇気を出してこの手紙を渡せば、仕事がもらえるでしょう。臆病《おくびょう》になって渡さなければ、一生、泥棒のままで、とても貧乏な人になる――もうわたしの知ったことではなくなるから！」

パティは窓を開け、手を振って、外の世界へ出て行くよういざなった。

「さようなら、お嬢さん」彼は言った。

「さようなら」そしてパティは心からこう告げた。「幸運を！」

彼は窓から半分身を乗りだしたところで、最後にまた確認を求めた。

「本当にこいつはストレートの球なんだね、お嬢さん？　おれにカーブをぶん投げようとしてんじゃないね？」

「ストレートの球よ」パティは自分の言葉を保証した。「カーブをぶん投げようとしてんじゃないから」

パティは裏からそっと二階にもどった。まだ〈東棟〉で興奮している人混みを大きく避けるルートだ。あらたな騒ぎが持ちあがっていたのだ。エヴァリーナ・スミスが部屋の床からモンキーレンチを見つけたからだ。今度の騒ぎをバカにしていたマーティンは、泥棒がたしかにいたのだという目に見える証拠を見せられた。

「こいつはわたしのレンチじゃねえか！」彼は目を丸くして驚いて叫んだ。「なんちゅう、肝っ玉の太いことだね？」

パティは急いで服を脱ぐとガウンを着込む。眠そうに目をこすりながら、廊下に集まる者たちに合流した。

「なにがあったの？」明かりに目をぱちぱちさせながらたずねた。「火事でもあった？」

この質問にいっせいに笑い声が起きた。

「泥棒だよ！」と、コニーがモンキーレンチを見せた。

「まあ、なんだって起こしてくれなかったのよ？」パティは嘆き悲しんだ。「泥棒に会ってみたいとずっと思ってたのに」

二週間後、馬番が馬に乗って奥方様あての丁重な手紙を届けた。ウェザビー氏はトレント先生に敬意を表し、次の金曜日の午後四時、最上級生の若いレディたちにぜひとも絵画ギャラリーをご案内したいと言ってきたのだ。

奥方様としては、いままで人づきあいの悪かった隣人が、このように好意から親切にしてくれることにとまどった。一瞬、考えこんでから、彼に歩みよることにした。馬番は同じように丁重な承諾の返事をもらって馬でもどった。

次の金曜日、学園の霊柩車《れいきゅうしゃ》がウェザビー屋敷の門をくぐると、主人が玄関のポルチコで待っており、客人たちを出迎えた。彼がパティに挨拶《あいさつ》するとき、ほかの生徒に対してよりもどこか温かみがあったとしても、奥方様はそれに気づかなかった。

彼はたいへん気遣いのできる招待主だった。みずからギャラリーを案内し、有名なボッティチェリの絵を指さす。西のテラスに小さなテーブルをいくつも並べ、お茶を出してくれた。どの少女の皿にもクチナシの花が飾ってあり、蓋《ふた》に聖アーシュラ学園のモノグラムが入った銀のボンボン入れが置いてある。お茶のあとで、招待主はイタリア式庭園をご覧にいれましょうと提案した。小道をそぞろ歩いていると、パティはいつのまにか招待主、そして奥方様と並んでいた。彼の会話はトレント先生に向けられていたが、たまに愉快そうな視線がちらりとパティに注がれる。一行は大理石のあずまやの裏で角を曲がり、噴水の前に出た。そこをかこむクジャクシダを熱心に手入れしている庭師がいた。

「とても腕のいいスウェーデン人の庭師をあたらしく雇ったところでしてな」ウェザビーさんはさりげなく奥方様に話しかけた。「この男は植物を育てることにかけては天才です。強力な推薦状を持ってきたのですよ。オスカー！」彼は呼びかけた。「レディのかたがたに、そこのチューリップを差しあげてくれ」

庭師はじょうろを置くと、脱いだ帽子を手にして近づいてきた。黄金の髪と青い目、正直そうなほほえみの若者だ。花を準備し、まずは年上の奥方様に、続いてパティに差しだした。彼女のキラキラした視線に気づくと、突然、あっと理解した目になった。今日の着ているものや整えられた髪などが、初めて会った日とはぜんぜん違っていたから、彼のほうではすぐにパティだと気づけなかったのだ。

パティは花束を受けとるために一歩遅れ、あとのふたりはぶらりと歩きつづける。

「お礼を言わないといけないな、お嬢さん」彼は感謝の気持ちでいっぱいだった。

「いままでで最高の仕事を紹介してくれて。本当によかった！」

「もうわかったでしょ」パティは笑い声をあげた。「あなたにカーブをぶん投げなかったって？」

12 広い世界に旅立て、乙女

「かかとを合わせて。腰を安定させ、1、2、3、4――アイリーン・マカルー！　まっすぐ立つように何度言えばいいの？　猫背にならないで、お腹《なか》は引っこめたままでいられない？　その調子！　では、もう一度。1、2、3、4」

体操はだらだらと続いた。その週に校則違反をした二十名ほどが、罰点をなくすためにがんばっている。お天気のいい土曜日には、ふさわしくない課外活動だ。二十組の瞳《ひとみ》はジェリングズ先生の頭の向こう――ロープや鉄輪や平行棒の先――緑の木々のてっぺんや青い空を見つめている。二十名の少女たちはこの短い時間ばかりは、過去のいけないおこないを後悔した。

ジェリングズ先生自身も少しばかりピリピリしているようで、ぶっきらぼうに指示を飛ばしている。四十本の揺れる棍棒《こんぼう》はそれに合わせ、あわててぐいっと動く。先生は体操服姿でまっすぐにすらりと立ち、運動したために頬が上気して、生徒たちと同じようにとても若く見える。けれど、妥協しない人にも見えた。学園ではこの先生ほどきびしく教える人はいなくて、ラテン語のロード先生でさえもかなわない。

「1、2、3、4——パティ・ワイアット！　前を向いているように。あなたが時計を見る必要はないの。わたしがいいと思えば授業は終わりにするから。棍棒を頭の上に。1、2、3、4」もうがまんの限界というときにやっと、ありがたい指示が飛んできた。「気をつけ！　回れ右。進め。棍棒を棚に。駆け足。とまれ。解散」

ほっとして、ひゃっほうと歓声をあげ、クラスの者たちはちりぢりになった。

「なんてありがたい、こんな生活もあとたった一週間だね！」パティはふうっと息を吐きながら、〈パラダイス横町〉の自分たちの部屋にたどり着いた。

「体操よ、永遠におさらばなり！」コニーが頭上で体操靴を片方振った。「やったあ！」

「ジェリーったらひどくない？」パティは先ほどのお説教にまだぷりぷりしながらたずねた。「あんなに皮肉だったことはなかったよ。いったい、どうしちゃったんだろう」

「かなり鼻息が荒かったわね」プリシラが賛成する。「それでも、あの先生のことは好きよ。なんというのか——とても生き生きしていて。まるで暴れ馬みたい」

「ぐう」パティはうめいた。「いっぺんでいいから、しっかり者のがっしりした男子がジェリーをとっちめて、手なずけるところを見てみたいな！」

「あなたたちふたりは急がないと」プリシラが注意した。「ここで衣装に着替えたいのなら。マーティンが三十分後に出発するわよ」

「すぐ準備しまーす！」パティはすでに、洗面器のなにやらインクのようなものに顔を突っこんでいた。

聖アーシュラ学園は、毎年五月の最終金曜日に仮装園遊会をおこなう。それが昨日の夜のことだった。今日の午後に少女たちはふたたび仮装を身につけ、村の写真館に出かけることになっている。めんどうな衣装の者は準備に時間とスペースが必要だから、学園で着替えて霊柩車《れいきゅうしゃ》で向かうことになっていた。もっと簡単な支度でいい者たちは路面電車を使い、写真館の狭い待合室で衣装を身につける。

パティとコニーの変身はかなり手がこんでいるから、学園で着替えをしていた。ふたりの仮装はジプシーだ。コミックオペラに出てくる小ぎれいなものではなく、本格的な流浪《るろう》の民で、旅の汚れをかぶり、服はいたんでつぎはぎをあてたものだ（仮装園遊会まで一週間にわたって、毎日、衣装で部屋の掃除をしていた）。パティのストッキングは片方は茶色、もう片方は黒で、右のふくらはぎには目立つ穴があいている。コニーの靴は片方からつま先が突きでて、もう片方の靴底ははがれて、歩くとパカパカとなった。ふたりとも髪はもつれたまま、顔は汚れがシマになっている。どこまでもリアルを追求していた。

時間のない今日は無造作に衣装を身につけ、どうにか格好をつけた。しあげにコニーはタンバリンを、パティは使い古したトランプを一組つかむと、錫《すず》張りの裏階段をドタドタと下りた。一階のホールで、ジェリングズ先生に出くわした。涼しげなモスリンの服を着て、先ほどより気さくな感じになっている。パティはうらみを引きずったことがない。時計を見ないように注意され、一瞬むっとしたことなどとっくに忘れていた。

「ちょいとお恵みくださいませんか？　運勢を占いますんで」

パティは真っ赤なペティコートをひらひらさせて踊りながら体育教師に近づき、薄汚れた手を突きだした。

「いい運勢がきたーー」コニーが盛りあげるようにタンバリンを鳴らし、つけくわえる。「のっぽで色の浅黒い、若い殿方が見えますすな」

「この生意気ないたずらっ子たち！」ジェリングズ先生はそれぞれの肩をつかむと顔

をしげしげとながめた。「その汚れた顔はどうしたの？」

「コーヒーで洗いました」

ジェリングズ先生はやれやれと首を振って笑い声をあげた。

「あなたたちは学園の問題児よ！　警官に見られないようにしなさい、さもないと宿無しの罪で逮捕されるから」

「パティ！　コニー！——急いで。霊柩車が出発するところよ」

プリシラがドアから顔を出し、必死になって鉄格子を振る。プリシラは仮装を見つけるのが遅くなってぎりぎりで、大胆に聖ローレンス（ラウレンティウスとも。鉄格子の上で火あぶり刑となった殉教者）にして、シーツを身体《からだ》にまとい、鉄格子がわりにキッチンのグリル網を抱えることにした。

「すぐ行くから！　マーティンに待ってと伝えて」パティは外に駆けだした。

「コートはいいの？」コニーがうしろから叫ぶ。

「いらない——行こう——コートは必要ないよ」

ふたりは馬車を追って私道を走った。マーティンは遅刻する者を待ったりしない。そういう人には走らせて追いつかせる。ふたりはうしろのステップに飛び乗った。すると、五、六本の手が伸びてきて、ふたりを頭から馬車に引きこんでくれた。

写真館の待合室は見たこともない大混乱になっていた。六十人もの興奮した生徒たちが、普通は十二人用の空間にいるのだから、静かなはずがない。

「誰か、ボタン通しのフックを持ってきていない?」

「おしろいを貸して」

「それはわたしの安全ピン!」

「焼きコルクはどこに置いたの?」

「髪はどこもおかしくない?」

「背中のボタンをとめて——お願い!」

「わたしのペティコート、見えてる?」

誰もがいっせいにぺちゃくちゃと話し、誰も聞いていなかった。

「ねえ、ここから抜けだしましょう——このままだと、ゆだってしまうわ」

聖ローレンスはジプシーたちの肩をつかむと、誰もいない撮影室にふたりを押しこんだ。三人は肩を寄せあい、ぐらつく狭い六段の階段に立って、ひらいた窓から入る風にほっとため息をついた。

「わたしね、ジェリーがなにを悩んでるのか、じつは知ってるんだ」パティはおしゃべりしたくてうずうずしながら言う。

「悩みって?」あとのふたりは関心を引かれてたずねた。

「先生はローレンス・ギルロイさんとケンカしたの。発電所の所長。彼がよく学園に顔を出してたのを覚えてない？　そしていまは、ぜんぜん来なくなったよね？　クリスマス休暇には毎日訪ねてきたの。ふたりはよくいっしょに散歩してた。お目付役もなしで！　奥方様が大騒ぎしそうなものだけど、そんなふうには見えなかったな。とにかく、ジェリングズ先生のギルロイさんへの扱いを見せたかった——とんでもなく、ひどかったの！　先生がアイリーン・マカルーにガミガミ言うのは、あの人にガミガミ言うのとくらべたら、なんでもないくらい」

「彼は罰点を減らす必要がないのに。ガミガミ言われて耐えてるなんて、ちょっとどうかしてる」コニーがあっさり言う。

「もう耐えてないの」

「どうしてわかるわけ？」

「そのね——立ち聞きすることになっちゃったから。クリスマス休暇のある日、図書館の陰になったアルコーブで『モルグ街の殺人』を読んでいたら、ジェリーとギルロイさんがやってきたの。わたしのことが見えてなかったし、最初はわたしのほうも気にしてなかった。ちょうど、探偵が〝これは人間の手の跡かね？〟みたいなことを言うところに差しかかってたから。でも、すぐにふたりはケンカを始めて、どうしても聞こえちゃったし、いまさら挨拶《あいさつ》もしづらいなと思って」

「ふたりはどんな話を？」コニーはじれったそうに、パティの言い訳を聞き流してたずねた。

「全部は聞き取れなくて。ギルロイさんはなにかを説明しようとして、先生のほうは一言だって耳を貸そうとしなかったんだ――本当に頑固だった。ほら、こう言うときの先生と同じじょ、〝それは完全に理解しているから。言い訳などいっさい聞きたくないわね。あなたには罰点10。土曜日の体育の課外授業に出席すること〟って。ふたりは十五分もケンカを続けて、どちらもどんどん、いじっぱりになっていったの。そこでギルロイさんは帽子を手にして出ていっちゃった。それでね、彼はそれ以来、顔を見せていないはず。わたしは一度も見てないよ。だから、先生は後悔してるの。あれ以来、クマみたいに機嫌が悪いんだもの」

「あの先生はその気になれば、とても感じよくなれるのに」と、プリシラ。

「そう、なれる人なのよ」パティも言う。「でも、自分の意見はぜったいだって思いこみすぎてる。ギルロイさんがもどってきて、そこをわからせてくれたらいいな！」

仮装をつけた生徒たちが撮影室に押し寄せ、その日の本題である撮影が始まった。まず全員の集合写真を撮ってから、数え切れないくらいの小さなグループにわかれ、それぞれ個別にポーズをとっていく。撮影していない少女たちはカメラの背後に立ち、撮影されている者たちを笑わせた。

「お若いレディのみなさん！」いらいらしたカメラマンがお願いする。「ほんの二秒でいいですから、どうか静かにしてもらえませんかね？　みなさんのせいで、ガラス乾板が三枚むだになりましたよ。それからはしっこの修道士さんは、笑いころげるのをやめてもらえませんか？　さて！　撮りますよ。三つ数えるあいだ、ストーブの煙突の穴のほうを見たまま、動かないように。1、2、3――どうもありがとうございます！」

彼は気取った手つきで乾板を抜くと、暗室に飛びこんだ。

パティとコニーだけで撮影する番がまわってきた。けれど、〈聖アーシュラと一万一千人の乙女たち〉が、自分たちのほうが人数が多いのだから先にしてとせがみ、あんまりやかましいので、ふたりのジプシーたちは気をつかって順番をゆずった。

そのグループの中身は、聖アーシュラに仮装したケレン・ハーシーと、それぞれが何人ぶんもがんばって〈一万一千人の乙女たち〉を演じる十一人の小さな下級生たちだった。これは学園を象徴する写真になるのよ、というケレンの説明だ。

二度目にジプシーたちの番がまわってきたとき、パティはうっかり衣装を釘《くぎ》にひっかけて、前に三つ連なるほころびを作ってしまった。いくら旅暮らしの人を演じるにしてもあまりにも穴が大きい。それで待合室にもどると、白いしつけ糸でほころびの端を合わせて結わえ、ごまかした。

ようやく、全員の最後に、パティたちは汚れていたんだ衣装でカメラの前に立った。カメラマンは芸術家肌で、ふたりの凝った姿にほれぼれした。ほかの生徒たちはいかにも仮装だったけれど、このふたりは本物そっくりだ。踊っているところ、カンバス製の不吉な雲を背景にさびしい沼地をさまようところの写真を撮った。さらにカメラマンが、森のなかでキャンプの火をおこし、三本の棒を組みあわせてぶら下げた湯わかしがぐつぐついっている写真を撮ろうとしたところで、コニーは突然、写真館がやけに静まりかえっていることに気づいた。

「みんなはどこ？」

彼女は急いで待合室を確認してもどってくると、あわてながらも笑っていた。

「パティ！　霊柩車が行っちゃった！　そして路面電車組は、〈マーシュ＆エルキンズ〉の店の角のところで待ってる」

「やだ、ひどい！　わたしたちがここにいるのは、知ってるはずなのに」パティは三本の棒を落として急いで立ちあがった。「すみません！」湯わかしを引っ張りだすのにいそがしいカメラマンに呼びかけた。「路面電車に間に合うよう走ります」

「でも、コートを持ってきていない！」コニーが嘆く。「ウォズワース先生はこの服じゃ、あたしたちを電車に乗せてくれないよ」

「乗せるしかないもの」パティはあっさり言う。「先生はわたしたちを街角に置いてきぼりにはできないでしょ」

ふたりはドタドタと階段を下りたけれど、戸口の安心できる暗闇《くらやみ》のなかで、少しだけ迷った。しかし、この格好で外に出るのはちょっと、と、乙女らしくためらっている時間はなく、思い切って勇気を出すと、土曜日の午後でたくさんの人が集まっているメイン・ストリートに出た。

「あっ、ママ！　ほらほら！　ジプシーだよ」すれちがいざま、幼い男の子が甲高い声をあげる。

「まずい！」コニーがささやく。「サーカスのパレードをしている気分」

「急いで！」パティはぜいぜい言いながら、コニーの手をつかんで、走りはじめた。

「路面電車がとまって、みんな乗りこんでる――待って！　待ってよ！」必死になって頭の上でタンバリンを振った。

交差点の速達荷物馬車がふたりの行く手をさえぎった。〈一万一千人の乙女たち〉

の最後のひとりが振り返ることもなく路面電車に乗っている。そして電車はパティたちを無視して、ガタゴトと去っていき、遠くの黄色い点になった。ふたりのジプシーは街角に立ち尽くし、見つめ合って、むなしい質問をかわした。

「一セントも持ってない――あなたは？」

「あたしも」

「どうやって帰ったらいいの？」

「ぜんぜん、わかんない」

パティは誰かに肘《ひじ》をつつかれた。振り返ると、学園の名づけ子で、パティとは見知った仲のジョン・ドルー・ドミニク・マーフィー少年が、腕白そうに目をキラキラさせて見つめていた。

「ねえ、お姉さんたち！ 歌って踊ってみせてよ！」

「少なくとも、知り合いでもあたしたちのことがわからないと」コニーはこの仮の姿からなぐさめをひとつ引きだした。

この頃にはかなりのやじ馬が集まっていて、それがどんどん多くなっていった。歩行者は車道によけないとここを通れないくらいだ。

「あっという間に」しょんぼりしていたパティだが、ぱっといたずらっぽい表情になって言う。「馬車代が稼げそう。あなたはタンバリンを鳴らして、わたしは船乗りのホーンパイプを踊るの」

「パティ！　しっかりして」このときばかりはコニーも、楽しみに水を差す常識を持ちだして、友達をたしなめた。「あと一週間で卒業なんだよ。お願いだから、その前に退学になるまねはやめて」

コニーはパティの肘をつかみ、有無を言わせず、脇道《わきみち》に押しこんだ。ジョン・ドルー・マーフィーと仲間たちが数ブロックにわたってついてきたけれど、飽きてきて、ジプシーたちは楽しいことをしてくれないとわかると、ひとりふたりと去って行った。

「さあ、どうする？」ようやく幼い少年たちの最後のひとりを追い払うと、コニーはたずねた。

「歩くとか」

「歩く！」コニーはパカパカする靴底を見せた。「この靴で五キロも歩けると思う？」

「ごもっとも」と、パティ。「だったら、どうすればいい？」

「写真館にもどって、電車代を借りようか」

「だめ！　ストッキングにこんな穴が開いてるのに、また注目されながらメイン・ストリートを引き返したくないもの」

「ごもっとも」コニーは肩をすくめた。「ほかのアイデアを考えよう」

「貸し馬車屋まで歩いて——」

「村の反対側だよ。パカパカさせながら、そんなに歩けない。一歩進むたびに、足を二十五センチ高くあげないといけないんだから」

「ごもっとも」今度はパティが肩をすくめる番だった。「じゃあ、もっといい案を出してくれるかな？」

「いちばん簡単なのは路面電車に乗って、車掌さんに運賃をあとから払いますって頼むことだと思うけれど」

「なるほど——そして乗客がみんな見ている前で、わたしたちは聖アーシュラ学園の生徒だって説明する？ 一晩で街中の噂《うわさ》になって、奥方様はカンカンになるだろうな」

「ごもっとも——どうする？」

ふたりは一瞬、住み心地のよさそうな木造の家の前で立ち尽くした。テラスでは三人の子供たちがはしゃいでいる。子供たちは遊ぶのをやめて、テラスの階段のてっぺんにやってくると彼女たちを見つめた。

「チャンス！」パティはうながした。「〈ジプシーの旅路〉を歌おう（これは学園で最近とてもはやっている歌だ）。わたしがそのタンバリンで伴奏を入れるから、あなたは靴底をパカパカやってみせるといいよ。たぶん十セントもらえるんじゃないかな。自分たちで帰りの電車代を稼ぐなんて、ぜったい楽しいし——それに、わたしの歌にはだんぜん十セントの価値ありだし」

コニーは人影のない通りの左右をさっとたしかめた。警官の姿はない。気は進まないけれど、この家の私道へと引っ張られ、音楽が始まった。子供たちは拍手喝采《かっさい》してくれ、パティたちは立派な出し物ができて得意になってきたところで、ドアが開いて女性が現れた——ロード先生によく似た雰囲気の人だ。

「ただちに、その騒音をとめなさい！　家には病人がいるのよ」

口調までなんだかラテン語めいている。ふたりは背を向け、コニーのパカパカする靴底でできるかぎり早く、いちもくさんに逃げた。あのロード先生に似た人からたっぷり三ブロックは離れると、玄関先のありがたい踏み石に腰を下ろし、おたがいの肩によりかかって笑い声をあげた。

ふたりの前の家の角を、男性が芝刈り機を押しながら曲がってきた。

「おい、おまえたち！」彼は命令した。「どこかに行け」

ふたりはおとなしく立ちあがり、さらに数ブロック移動した。聖アーシュラ学園とはぜんぜん逆に向かっているが、ほかにどうしたらいいか考えつかず、ひたすら歩きつづけた。こうして村のはずれにたどり着き、やがて、広い敷地に一本の背の高い煙突と、いくつもの低い建物がある場所が目の前にあると気づいた。水道局と発電所だ。

希望が生まれて、パティは目を輝かせる。

「いいことがある！　ギルロイさんのところに行って、自動車で送ってくださいってお願いするの」

「彼のことは知ってるわけ？」コニーは怪しむようにたずねた。ここまで何度も人から邪険に扱われ、弱気になりつつある。

「うん！　彼のことはよーく知ってる。クリスマス休暇のあいだはいつも学園に顔を出していたと話したよね。いっしょに雪合戦をした日もあったくらい。さあ！　あの人はよろこんで送ってくれるよ。ジェリーと仲直りする口実になるもの」

ふたりはコールタールで固めた狭い歩道を〈事務所〉の札が出ている煉瓦《れんが》の建物へ進んだ。入ってすぐの事務所にいた事務員四人とタイピストの若い女性ひとりは、ふたりがこつぜんと戸口に現れたのを見て、仕事の手をとめて笑った。いちばん近くにいた若い男性が、もっとよく見ようと椅子《いす》をくるりとまわす。

「やあ、お嬢さんたち！」彼はなれなれしく陽気に声をかけてきた。「どこから、わいて出たんだい？」

いっぽう、タイピストはパティのストッキングが左右で色が違うことを、聞こえよがしに指摘していた。

パティはコーヒーで洗った顔の下でこっそり頬を赤らめた。

「ギルロイさんにお目にかかりたいのですが」彼女は威厳をこめて言った。

「今日はギルロイさんはお忙しくてね」若い男性はにやりとした。「ぼくと話したほうがいいんじゃないかな?」

パティはツンと澄まして胸を張る。

「ギルロイさんに伝えてください――いますぐにですよ――わたしたちがお話ししたくて待っていると」

「承知しました! これはどうも失礼いたしましたね」彼はバカていねいになって、さっと立ちあがった。「お名刺をいただけますか?」

「今日は名刺を持ちあわせておりませんの。ふたりのレディが、ギルロイさんと話したくて待っているとだけ伝えてください」

「ああ、わかりました。しばしお待ちを――おかけになりませんか?」

彼は自分の椅子をパティに差しだし、もうひとつ椅子を運んでくると、お作法の達人みたいにコニーに勧めた。事務員たちはこのコメディのような一幕をおもしろがって、忍び笑いをもらしていたけれど、ジプシーたちはちっとも愉快だと思っていない。ふたりは冷ややかに「ありがとう」と言って椅子に腰を下ろすと、堅苦しくまっすぐに背筋を伸ばし、いつものような話好きとは縁遠い態度でくずかごを見つめた。あのうやうやしくなった若い男性が上司の専用事務室に伝言を知らせるあいだ、事務所の者たちはパティのストッキングからコニーの靴までけなした。やがて男性がもどってくると、相変わらずバカていねいに、どうぞこちらへと案内した。彼は一礼して、ふたりを専用事務室に進ませた。

ギルロイさんは書き物をしており、一瞬だけ間をおいてから顔をあげた。びっくり仰天して目を丸くしている。事務員はパティの言葉をそのまま伝えただけだったのだ。ギルロイさんは椅子にもたれ、頭からつま先までレディたちをしげしげと見つめてから、ぶっきらぼうに言った。

「それで？」

相手が誰なのか、ぜんぜんわかっていない表情だ。

パティはそもそも、自分たちが何者か名乗り、聖アーシュラ学園まで送ってくれないかとお願いするだけのつもりだった。でも、どんな場合でも、迷路を進むことができるのに、直線ルートを選ぶなんてもったいないことはできない。

「ローレンス・K・ギルロイさん？」パティは膝《ひざ》を曲げてお辞儀をした。「ちょいとあなたさんを見つけにきましたよ」

「ほう、なるほど」ローレンス・K・ギルロイさんはそっけなく答える。「こうしてわたしを見つけたわけだが、次はなにが望みかね？」

「運勢を占いますよ」パティはすらすらと、昨夜、コニーと学園で披露した小芝居のせりふを述べた。「ちょいとお恵みくだされば、運勢を占います」

このなりゆきはコニーには寝耳に水だったけれど、いたずらなら、いつだって乗り気になる。

「いい運勢がきた――」コニーがパティの援護をする。「のっぽの若いご婦人が見えますな。えらく、きれいな人だ」

「いやはや、ずうずうしい！」

ギルロイさんは椅子にもたれ、ふたりをきびしい目で見たが、ちょっとおもしろがっていることがちらちらと見てとれる。

「どこでわたしの名前を知ったのかね？」彼はたずねた。

パティはひらいた窓と遠くの地平線――いくつもある石炭小屋と発電設備の建物のあいだに見えている――へ、ふわりと手を振った。

「ジプシーというのは、しるしを読み取りますんで」わかりやすく説明する。「空、風、雲といったものは、すべて語ってきます。ただし、あなたさんにはそれが理解できない。あなたさん——ローレンス・K・ギルロイさんへのメッセージを受けとり、はるばる運勢を占うためにやってきたわけで」あわれっぽくちょっとした仕草で、ふたりのいたんだストッキングや靴を指さした。「えらく、疲れました。遠くから旅したんで」

ギルロイさんはポケットに手を入れると、二枚の五十セント銀貨を取りだした。

「金を払おう。さあ、正直に言ってくれ！　これはどういったいかさまゲームなんだね？　それにいったいぜんたい、わたしの名前をどこで知ったんだ？」

受けとったお金をポケットに入れると、ふたりしてさらにお辞儀をし、都合の悪い質問は無視した。

「それでは、運勢を占ってしんぜよう」コニーがてきぱきと進める。足を組んで床に座り、トランプを取りだすとおおざっぱなサークルに並べた。パティはコーヒーで汚れた小さな両手で紳士の手をつかむと、手のひらを上に向けて手相を見た。ギルロイさんはばつが悪くて手をひっこめようとしたが、パティは猿のようにしっかりつかんでいる。

「ご婦人が見えます！」パティはぐずぐずせずに言った。

「のっぽの若いご婦人――茶色の目、ブロンドの髪、えらく、きれいだ」コニーも床から同じようなことを言い、身を乗りだしてハートのクイーンを熱心に見つめた。

「でも、その人はあなたをどえらくこまらせますね」パティは彼の手に水ぶくれがひとつあることに気づいて顔をしかめながら、つけたした。「ちょっとしたケンカになった」

ギルロイさんは、おっ、と目を細めた。思わず、興味を持ちはじめていた。

「あなたさんは彼女にぞっこんだ」コニーが床から話しかける。

「でも、彼女にはもう会ってませんね」パティがタイミングを合わせて言う。「一――二――三――四カ月、彼女に会わず、話せんでいますね」彼の驚いた目を見あげた。「でも、毎日、彼女のことを考えているのです！」

ギルロイさんは急いで手をひっこめようとしたが、パティはあせって、さらにこまかなことをつけくわえた。

「のっぽの若いご婦人も、えらく悲しんでます。もう以前のように笑うことがない」

ギルロイさんは手をひっこめようとするのをやめ、少し不安がりながらも、次になにを言われるか好奇心を抱いて待った。

「彼女はえらく気分が悪く、えらく怒り、えらく悲しんでます。あのちょっとしたケンカのことを昼も夜も考えてます。四カ月のあいだ、彼女はじっと待ってる――でも、あなたさんはもどらない」

ギルロイさんはいきなり立ちあがり、つかつかと窓辺に向かった。

この予想外の客人たちは、彼の気持ちにとって絶好のタイミングで空から降ってきたのだった。この午後、まるまる二時間、ギルロイさんが机に向かって腰を下ろしてどうしようと悩んでいたのは、ふたりが癖のある言葉で見事に言い当ててみせた問題だった。プライドの大部分はのみこんで、冷静になってくれともう一度、彼女に頼みこむべきだろうか？　聖アーシュラ学園の夏休みは目前に迫っている。あと数日で彼女は去るし、二度ともどらない可能性がとても高い。広い世界には男がたくさんいて、ジェリングズ先生には魅力がある。

コニーはおだやかにトランプ占いを続けた。

「チャンスは――あと一度なり！」ギリシャの巫女《みこ》のように威厳を持って語った。「ふたたび試みれば、勝てましょう。試みなければ、負けるのみ」

パティはどうしても少しためになるアドバイスをしたくて、コニーの肩越しにトランプをのぞいた。

「のっぽの若いご婦人はかなり――」ぴったりくる表現を探して一瞬、口ごもった
――「かなりツンツンしすぎています。いばりすぎる。そこをちょいとわからせてやっては？　おわかりで？」

コニーは丸顔でぽっちゃりしたダイヤのジャックを見つめ、あらたなことを思いついた。

「別の男が見えますなあ」彼女はつぶやく。「赤毛で、ええと、それに太っている。見た目はあまりよくないが――」

「すこぶる危険です！」パティは口をはさんだ。「あなたさんに、むだにできる時間はないですよ。彼はすぐにやってくるでしょう」

こうしてふたりはなんの根拠もなく、まったくの想像とダイヤのジャックからこまかい内容をこしらえたのだが、これがたまたま、ギルロイさんのむきだしの傷にふれた。近くの街に住む、とある金持ちの青年の描写とぴったり同じだった。ジェリングズ先生に好意を寄せ、ギルロイさんが心からきらっている人だ。この日の午後ずっと、仲直りしようと思い立っては、ためらい、くよくよ悩みながら、仮想ライバルの色白でぽっちゃりした顔立ちが大きく頭のなかに浮かんでいたのだ。ギルロイさんは常識のある若い商売人で、ほとんどの男性と同じで迷信とは縁がなかった。けれど、恋す

る男性は占いを信じてしまう。

彼は見慣れた事務所から、外の石炭小屋や発電所までじっと見つめ、自分がまだしっかりした大地に立っていることをたしかめた。視線は空から降ってきた客人たちにもどされた。不安そのもので、うろたえて、もっと教えてくれとすがりつくような目だ。

パティたちは額にしわを寄せ、さんざん使った想像力から、あと少し言えることをひねりだそうと、苦労しながらトランプを見つめた。パティはもう五十セントぶんの占いはしたと感じていた。それに、この場をどうやってうまいこと締めくくったらいいんだろう？　調子に乗って茶番を進めすぎたから、いまさら名乗りをあげて送ってくださいなんて、とても言いだせない。いまとなっては、変装を続けてなんとかここを抜けだし、できるだけ目立たないよう帰るしかない。少なくとも、帰り道に役立つ一ドルは持ってる！

パティは頭のなかで占いの最後のところを考えながら、顔をあげた。

「ちょいといい運勢が見えます」そう切りだす。「もしも――」

ギルロイさんが背にした窓の先が目に入り、パティの鼓動は一拍飛んだ。トレント先生とセアラ・トレント先生の親子が、あたらしい電灯の件で苦情をあげにきて、落ち着き払って馬車から下りるところだった。ここから六メートルも離れていない。

パティはぐいっとコニーの肩をつかんだ。

「サリー先生と奥方様！」コニーの耳元で低くささやいた。「ついてきて！」

ざっとすくうようにして、パティはトランプを集めると立ちあがった。ドアから逃げだすチャンスはない。奥方様の声が、もう事務所のなかから聞こえている。

「さらば！」パティは窓めがけて走った。「ジプシーを呼ぶ声が。これにて失礼」

窓枠を乗り越えて二・四メートル下の地面に着地した。コニーも続く。ふたりともジェリングズ先生の優秀な生徒だ。

ローレンス・K・ギルロイさんはあんぐりと口を開け、突っ立ったまま、ふたりがいた場所を見つめた。次の瞬間、聖アーシュラ学園の校長親子に挨拶しながら、ぼんやりする頭を〈西棟〉で起きる電気のショートに集中させようと必死だった。

パティとコニーは学園の正門ひとつ前の停留所で、路面電車――それに興味しんしんのたくさんの乗客――から離れた。学園の塀沿いにぐるりとまわって、ようやく正門とは逆の厩舎《きゅうしゃ》にたどり着き、裏口から目立たないようにして建物に近づく。運よく、まずい人にも出くわさず料理人に会ったくらいで（ふたりにジンジャーブレッドをくれた）、ついに〈パラダイス横町〉に無事帰ってきた。あれだけの冒険をしたにもかかわらず、おまけに九十セントのもうけが出たのだった。

長く明るい夜が訪れる季節となり、聖アーシュラ学園の生徒たちはもう、夕食と夜の自習のあいだの休み時間を、室内でのダンスにあてず、外の芝生をはねまわった。今日は土曜日だから、夜の自習もなく、全員が外にいる。学年度が終わろうとしていて、長い休みがもうすぐだ。少女たちは六十四匹の幼い子羊のように、はちきれそうな元気でいっぱいだった。目隠し鬼、隅っこ好きの子猫鬼ごっこ（引っ越し鬼の変形）、横切り鬼ごっこ（鬼が追いかける子とのあいだを別の子が横切ると、対象をそちらに変える）といったゲームが同時に全部おこなわれていた。体育館前の階段では、歌い手たちの集団が、通用門のところの人数の少ない集団の声をかき消している。六人ほどが運動場で鉄輪まわしをして走り、あちらこちらに散歩するグループがいて、狭い歩道で出会っては、元気に挨拶しあっていた。

パティ、コニー、プリシラは顔を洗って着替え、すっきりして、夏のたそがれどきに腕を組んでそぞろ歩いていた。否応《いやおう》なしに間近にせまった、長いこと楽しみにしてきた将来について、ちょっとだけまじめになって話している。

「ねえ」パティはぎょっとしたように息をのんで言う。「あと一週間で、わたしたち、なんと大人になるのよ！」

三人は足をとめ、芝生ではねまわる楽しそうな生徒たちを、そしてその先にある影となった大きな校舎を黙って振り返った。四年にわたる大嵐《おおあらし》のような、にぎやかで、のんきな歳月のあいだ、これほど情け深く自分たちを守ってきた場所。大人になるのはとてもつまらないことのように思える。深く考えもしないで、むだづかいしてきた少女時代を、思い切り手を伸ばして、つかみたくてたまらなかった。

「ああ、いやだ！」コニーが突然、ふーっとため息をついた。「子供のままでいたい！」

こんなわけで遊びたい気分ではなかったから、紙鬼ごっこクロスカントリーに誘われたがことわり、体育館の階段のところの歌い手たちもさけて――歌っているのは〈ジプシーの旅路〉だった――ぶらぶらと藤棚《ふじだな》から、リンゴの花びらがびっしりと散っている小道に下りた。小道の突き当たりで、ふたりだけで散歩している人たちにいきなり出くわし、信じられずに息をのんで、ぴたりと足をとめた。

「ジェリーだ！」コニーがささやいた。

「それにギルロイさん」パティも小声で言う。

「逃げようか？」コニーは大あわてだ。

「ううん」と、パティ。「ギルロイさんにぜんぜん気づかないふりをしよう」

三人は奥ゆかしく下を見ながら足を進めたが、ジェリングズ先生はすれ違いざま、元気に挨拶してきた。どことなく、わくわくして、しあわせで舞いあがっている態度だ。パティに言わせると、電気が通じたみたいに。

「ハロー、おちゃめなジプシーさんたち！」

これはとにかく間の悪い挨拶だったけれど、先生はにこにこして、自分が口を滑らせたことに気づいていない。

「ジプシーさんたち？」

ギルロイさんはその言葉を繰り返し、ぼんやりしていた頭を動かしはじめた。足をとめ、三人組をじっくり見つめる。優雅なモスリンの服を着て、このうえなく上品な若いお嬢さん三人だ。けれど、パティとコニーはかげっていく日射《ひざ》しのなかでも、顔が薄汚れているとはっきりわかる。コーヒーのしみこんだ汚れを落とすには、お湯が必要だ。

「ああ！」

ギルロイさんはついにひらめいて深呼吸をすると、顔にたくさんの感情を次々に浮かべた。コニーはまごついて地面に視線を落とす。パティはと言えば、きりりとあごをあげ、正面から彼を見つめた。ふたりは黙ってほんの一瞬、目を合わせた。その視線のなかで、おたがいに黙っていてくださいと頼み、おたがいに無言でそうしましょうと約束した。
風が〈ジプシーの旅路〉の歌声を運び、散歩を続けながらジェリングズ先生は、遠くの歌い手たちと声を合わせて低い声で歌った。

ジプシーの血潮はジプシーの血潮に呼ばれ
広い世界をめぐりつづける
広い世界をめぐるよ、乙女
真実の旅路を
空を、地を、世界をめぐる
最後にはきみのもとへもどる
ロマニーの道しるべをたどり――

その声は暗がりのなかで聞こえなくなった。
コニー、パティ、プリシラは手を握りあって突っ立ち、ふたりの背中を見送った。
「学園はジェリーをうしなったね！」と、パティ。「残念ながら、その責任はわたしたちにありそうだな、コニーくん」

「自分をほめたい！」コニーはうれしそうだ。「先生はアイリーン・マカルーにまっすぐ立ちなさいだの、お腹を引っこめておきなさいだのと言いつづけて、ここで一生を送るには、もったいないよ」

「とにかく」パティはつけくわえた。「ギルロイさんに怒る権利はないよね。だって、わたしたちがいなければ、勇気を出せなかっただろうし」

三人はそのまま牧草地を横切り、石垣にたどり着いた。並んで石垣に背をつけてもたれ、頭をそらして暗くなっていく空をながめる。ジェリングズ先生の気分がなんだか、移ったようになっていた。ささやかな思いがけない出来事が、なんだか三人をおかしなふうに引っかきまわす。まだ訪れていない将来、角を曲がった先にロマンスが待っているのだとぞくぞくしながら感じていた。

「ねえ」長い間のあとにコニーが沈黙を破った。「結局は、大人になるのも、おもしろいんじゃないかな」

「たとえばどんなことが？」プリシラがたずねる。

コニーは夜をつかむように、片手を大きく伸ばす仕草をした。

「どんなって、なにもかもが！」

プリシラは言いたいことがわかってうなずき、やがて挑むようにつけくわえた。

「わたしは考えを変えたわ。大学には行かないと思う」

「大学に行かないって！」パティはあっけにとられて繰り返した。「なんでよ？」

「わたし——かわりに結婚しようと思って」

「あら！」パティはくすりと笑う。「わたしはどっちもするけどな！」

訳者あとがき

パティを初めて読んだというかたにも、なつかしくて手にとっていただいたかたにも、上質の時間を過ごしてもらえただろうかと、ドキドキしています。五十年ほど前、図書館の少女小説の棚にはアン、ジョー、ポリー、エルノラ、ジュディとたくさんの女の子がいたけれど、なんといってもわたしのイチオシはパティでした。ところが、パティの本はじきに入手困難に。数種類の翻訳書があり、復刊されたこともありますが、新刊で読めない状況が続いていることがさびしくてこちらを推薦し、本書が誕生しました。しみじみ、翻訳をやっていてよかったと。ジーン・ウェブスターといえば同じく新潮文庫に収められている『あしながおじさん』があまりにも有名ですが、パティの魅力もたくさんのかたに伝われ、頼む！

本書はアメリカの全寮制女子校の一年間を、主人公パティを中心に追いかけた作品です。原書は一九一一年と百年以上も前に刊行されたもの。ウェブスターのデビュー作が『パティ、カレッジへ行く』で、その前日譚《ぜんじつたん》として高校時代が描かれた内容となります。

いたずら好きな高校生がきゅうくつな寄宿学校でできるかぎり楽しんでいく姿を、読者のみなさんも楽しんでいただけたらなによりうれしい。いわゆる、いいところのお嬢さんで恵まれているパティですが、どんな立場にも不満や悩みはあるもの。先生との対立、恋バナ、友情、人助け、絶体絶命のピンチなど盛りだくさんの切り口からなる全十二章。あなたのお気に入りはどの章でしょうか。冒険心たっぷり、ユーモラス、ときどき鋭い真理をつくのにおっちょこちょい、パティはけっして完璧《かんぺき》ではないけれど、自分の心に正直。自分の頭でしっかり考えて行動する強さが彼女の魅力です。男女関係なく、まだ若い読者のみなさんはもちろん、大人にとっても、なにか壁にぶつかったときにも勇気づけられる存在として心に残ってくれたらと、願ってやみません。

聖アーシュラ学園のモデルは、マンハッタンから車で三時間ほど、ニューヨーク州ビンガムトンにあった私立レディ・ジェーン・グレイ・スクールと言われています。未来のソーシャライトとなる令嬢たちのフィニッシング・スクール的な教育にとどまらず、一般の勉学も組みこむ方針の学校でした。というか、実際、この子たちのスケジュールを見ると、勉強ばかりなんですよね。平日は起床六時半、朝食、午前中に五時間授業、昼食、午後のレクリエーション（外遊び推奨）、午後の自習、一時間の自由時間、夕食、三十分の休憩時間、午後七時から一時間は夜の自習、午後八時から一時間は夜の特別授業、九時半に就寝。スマホはもちろん、テレビもラジオもない。パティがいたずらばかり考えるようになったのも、うなずけるかも？

パティたちが引き起こすさまざまな「事件」を楽しんでいただけたら訳者としては本望ですが、古い作品だからこそ、さまざまな点に注目するとおもしろいことも見えてきます。たとえば、女性の参政権、飲酒、メイクへの意識。まさに時代は動いていて、アメリカでは第一次世界大戦を経て一九二〇年に白人女性が参政権を得ることを考えると（白人以外の女性も参政権を得たのは一九六五年になってから）、パティたちに煙たがられている先生のような人たちがいまの礎《いしずえ》を築いてくれたのだなとあらためて感じます。高校生目線で飲酒に対してけっこうきびしくて、暑い夏の日のビール一杯くらいは許してよパティくん、なんて思っちゃうのですが、一九二〇年には禁酒法が施行という時代的背景あり。そして前述の女性の権利拡大に呼応するように、特定の人だけが使うものという固定観念があった口紅などのメイクにおいて、一般女性のなかで自由な表現も広まっていくことになるのです。

こうして現代の感覚とは異なる点もあるのに、根っこの部分で変わっていない、共感できるところがたくさんあるのが本書のよさではないでしょうか。『おちゃめなパッティ』（岩崎書店）で訳者の白木茂氏は解説に「今から五十年も前の（中略）日常の出来事がえがかれているわけです。それなのにどうでしょう。読んでいると、現在のみなさんの身近におこっているようにお思いになるでしょう。すぐれた小説というのは、いつもこういうふうにできています。それは人間の心というものは、むかしも今もかわらないからなのです」こう書かれています。それからさらに五十年が過ぎても、通用する言葉です。

著者ウェブスターの本名はアリス・ジェーン・チャンドラー・ウェブスター。一八七六年、ニューヨーク州フレドニア生まれ。母親のおじさんがマーク・トウェインで、父親は出版社を設立して『ハックルベリイ・フィンの冒険』などトウェインの著書を刊行していました。一時期はニューヨークの中心地で暮らし、別荘も持っていましたが、トウェインとの関係が悪化すると経済的に傾き、父親は体調を崩し、ウェブスターが十五歳のとき、亡《な》くなります。ウェブスターはフレドニア師範学校を経てレディ・ジェーン・グレイ・スクールを卒業後（この学校で「ジーン」と呼ばれるように）、ふたたびフレドニア師範学校で大学課程に通ったのち、ヴァッサー大学に進学。

英文学と経済学専攻で、家族の影響もあり、福祉と刑法改革の授業を受けたことで生涯にわたって社会問題に関心を持ち、取り組むようになりました。卒業後に執筆を始めて作家に。『あしながおじさん』がベストセラーとなり、みずから戯曲化も手がけています。結婚し、『続あしながおじさん』もベストセラーとなり、赤ん坊を授かってよろこんでいたそうですが、出産の翌日、ウェブスターは三十九歳という早すぎる年齢で帰らぬ人となってしまいました。そのため寡作《かさく》なんですよね。悲しい。
最後に、本書が多くの読者に届くよう尽力いただいた新潮文庫編集部の鈴木亜依氏、本企画を通していただいた同編集部の竹内祐一氏、そして解説の梨木香歩氏、装画のくらはしれい氏、お力を貸してくださったすべてのかたがた、そして訳者の子供時代の最大の愛読書をここまでいっしょに楽しんでいただいた読者のみなさんに、心から感謝を捧げます。やばいくらいうれしいです！

二〇二四年八月　三角和代

ジーン・ウェブスター著作リスト

"When Patty Went to College"（1903）『パティ、カレッジへ行く』内田庶訳（講談社マスコット文庫）など
"The Wheat Princess"（1905）
"Jerry Junior"（1907）『ジェリーは若い』榎林哲訳（講談社マスコット文庫）
"The Four Pools Mystery"（1908）
"Much Ado About Peter"（1909）『ピーターは忙しい』白柳美彦訳（講談社マスコット文庫）
"Just Patty"（1911）本書。『女学生パッティ』遠藤寿子訳（三笠書房）、『おちゃめなパッティ』白木茂訳（岩崎書店）など
"Daddy-Long-Legs"（1912）『あしながおじさん』岩本正恵訳（新潮文庫）など
"Dear Enemy"（1915）『続あしながおじさん』畔柳和代訳（新潮文庫）など

解説　対等でありたいとする渇望

梨木香歩

筆者が英国に下宿していた頃、彼の国の数あるボーディングスクールの一つが近くにあり、そこで教師をしていた大家《ランド・レディ》の友人仲間がよく訪ねてきてはお茶会が始まる、その末席で話を聞くのを常としていた。そういう友人同士の噂話《うわさばなし》のなかで、女子部に勤めていた○○さんが、どうも学校を辞めるらしい、というニュースがあった。私は○○さんのことは知らない。会ったことはないひとだ。辞める理由を、ニュースの提供者は何やらボソボソと話す――ほとんど内容は忘れた――そのなかで私の記憶に残ったのは、「何しろほら、あの年頃の女の子たちは残酷（cruel）だから」「ああー、本当にそう」「確かにあの年代の女の子は、残酷ね」という言葉で、何かそれが非常に腑《ふ》に落ち、いまだに覚えている。十代の中頃から後半にかけての少女たち。確かになぜなのだろう、そういう辛辣《しんらつ》なところがある。

本書を読みながら、ふと、そのことを思い出した。彼女たちの「容赦のなさ」はどこからくるのか。

主人公パティは、レディ教育を主眼においた、聖アーシュラ学園の生徒である。本書の第一章「学園を改革しよう」では、寄宿舎の新しい部屋割りで、それまで同じ棟だった仲良しのコニーやプリシラとバラバラになってしまったことを嘆くところから始まっている。三人は校長室に直談判《じかだんぱん》に行くが、校長は彼女たちの新しいルームメイトについて一人一人「改善すべき点」を挙げた後「ですから、わたしのかわりに、あなたがたを意識の改革者として学園に送り込みます。上級生に新入生のお手本となってもらいたいのです」と述べ、自分はパティたちを心から信頼している、大いに期待しているという主旨のことを話す。全体に、相手の使命感を喚《よ》び起こさずにはおかない言葉選びだ。彼女たちが大いに感激、奮起するかと思えば、退室するやいなや、校長たちの考えていることは「お見通し」だと豪語する。さらに「わたしたちをあしらう、あたらしい方法を見つけたと思ってるんだな」と至極冷静に敵のやり口を分析する。背後に、「馬鹿にするんじゃないよ」という気概が感じられる。こうなったら逆手にとって徹底的に学園を改革しよう、と生徒一人一人の改善点をなくすべく実行に移すが、どうも彼女らが同室者を「徹底的に」鍛えるそのやり方は、今の時代の視点から見ればいじめの範疇《はんちゅう》に入ると思われる。他人の欠点に「容赦がない」のだ。だが著者の筆の動きは軽やかでコミカル、陰湿さを感じさせない。

著者・ウェブスターの母親はマーク・トウェインの姪《めい》、つまりウェブスターはトウェインの大姪に当たる（そして彼女の父親は、トウェイン作品の版元の経営者だった）。物心ついた頃からトウェイン作品はもちろんのこと、広く文学に親しんできた。この作品では深みの追求より若い読者がどう楽しむのか、自身の才気走った筆の運びの軽快さに酔いしれているようでもある。だがそういうときにこそ、無意識に著者の本質が現れてくる。第三章の「ラテン語ストライキ」にもそれは顕著である。本章は、「金曜午後の〈女性の権利〉にはうんざり」というパティの言葉から始まっている。生徒たちに社会問題について興味を持ち学んでもらいたいと切望するラテン語教師、ロード先生が招いた大学教授の講演会で自分たちの休みが消えてしまうことに腹を立てているのだ。「まだ若い生徒たちは二十一歳というばくぜんとした将来に参政権を受けとるなんてどうでもよく、いま現在の半日のお休みのほうがずっと大切」な様子が描かれる。つまりパティを筆頭に少女たちが如何《いか》に世俗の楽しみに心奪われ、金曜の夜を生きがいにしているか、労働問題のような社会性のあるテーマなど、歯牙《しが》にもかけないでいるか、等の描写が続くのだが、実は著者・ジーン・ウェブスターの祖母は女性参政権活動家であり、ロード先生の諭しや彼女が連れてきた大学教授の講演などは、幼い頃祖母と同じ家で過ごしてきた著者にとってはある意味で「耳にタコ」ができるほど聞かされた主張であっただろう。一読しただけでは、まるでウェブスターが当時の社会運動の盛り上がりを揶揄《やゆ》しているかのようだが、ウェブスター自身も生涯を通じて女性参政権獲得のために活動しているし、また、孤児や囚人たちの環境改善を、積極的に提唱してきた（出所後の囚人の社会復帰がストーリーの根底に流れているのが、本書第十章「タマネギと蘭《らん》の花」第十一章「レモンパイとモンキーレンチ」である）。パティが同章で労働者の団結のノウハウを自分のものにして、ラテン語の授業のノルマ軽減を謀《はか》るところは、幼い頃からそういうものを叩《たた》き込まれていたウェブスター自身の学生時代を見るようだ。

興味深いのは、この聖アーシュラ学園のモデルとなったウェブスターの母校、レディ・ジェーン・グレイ・スクールは、上流婦人としてのマナーや心構え、教養、技能を教え込む、いわば上流婦人育成のためのフィニッシングスクールであったにもかかわらず、このように授業の一環に婦人参政権問題を取り入れたり、経済学者を講演者として呼んだりしていたらしいことである。ロード先生（ウェブスターの母校に実在のモデルがいたに違いないと確信しているが）はレディ教育に厳格なラテン語教師であったが、「洗濯労働者のストライキは、産業史において画期的な出来事だったのですよ。女性も、男性と同じように共に立ちあがることができると証明したのです。労働者の団結こそ、わたしの生徒たちにわかってほしい点なのです」と、熱を込めて話す（その後、パティはその「労働者の団結」をユーモアたっぷりに擬似展開させるわけだ）。こういうこともまた、レディ教育の一環と学校が見なしていたとしたら、世界がいつどうなってもいいように、満遍なく教養を施す、あるいはパーティーでの政治的な会話にもきちんとついていけ、堂々と自分の意見を披瀝《ひれき》できるホステス（もてなし手）を育成するためか。いずれにしてもおそらく同じ時代の日本の、類似の女子教育ではあり得なかったことだろうと思う。男性が政治的な会話を始めたら、口を挟まず、黙って静かに控えているというのが美徳であっただろうから。

十九世紀後半頃に全盛を迎えていた、勤勉や誠実さ、隣人愛や正義などを大切にする日常を描く家庭小説（『若草物語』『ケティ物語』など）の枷《かせ》からは、解き放たれたかのように見えるが、それはきっと、ウェブスターの（主人公パティに似た）エンターテイナー的な明るい性格が投影されたもので、倫理道徳の押し付けはするまいとしながら、完璧《かんぺき》にそこからフリーになることには躊躇《ためら》いがあるように思う。第十一章「レモンパイとモンキーレンチ」には、世間的な「正しさ」よりも自分自身の正義を貫く主人公の姿がある。あくまでもコミカルに。

聖アーシュラ学園の教育方針のなかでも力を入れている美徳が「慈善の精神」であり（当時近隣の貧しい家族に施しをする、ということは、中流階級以上の義務のように見なされていた）、特にクリスマスには特別な施しを用意することにしていた。しかし、近隣が豊かになるにつれ、「まずしい子供たち」の数も減っていく。第五章「ばあばとじいじのハネムーン」では、貧しさゆえに別居させられていた老夫婦（しかし老夫婦は共に住むことを切望している）のため、彼らがいっしょに住める小屋を準備、居心地よく手入れし、食糧などに困らないよう、全生徒が少しずつ寄付をする。本書の主人公、パティは飢えや貧乏とは無縁の、豊かな中産階級の子女であり、彼女の友人たちもほとんどが同じ階級の出身である（そしてまた、当時のこの本の主な読者層もまたそうであっただろう）。

クリスマスの慈善というテーマは、それまでの家庭小説にはよく出現してきたもので、典型的なものとしては、『若草物語』に、自分たちが楽しみにしていたクリスマスの朝食の御馳走《ごちそう》をすべて、近所の貧しい一家に届けるという自己犠牲の美徳を印象付けるシーンがある。しかしこのパティの、衣食住すべてにわたって保障するという「思いつき」は、施しというよりは福利厚生的で、社会的なシステムとしても考えさせられるものがある。

「銀のバックル」「〝ボビーおじさん〟」の章では、女性の変身願望――素敵なレディに「変身する」という――が顔を出している。パティは独身の「ボビーおじさん」に子ども扱いされることが不満で、見返してやりたいと思う少女だ。多分軽い屈辱感を感じていたのだろう。パティはわざと舌足らずの言葉を駆使して久しぶりに会うボビーおじさんを満足させる。こちらを子どもだと安心させ（彼にとっては愛情を感じるゆえなのに）、次は落ち着いた大人の女性に変貌《へんぼう》してみせ、彼の度肝を抜く。当時の同世代の読者たちはそこを痛快と感じただろう。

この子たちのこの、「出し抜いてやりたい、一泡吹かせたい」行動のモティベーションとしてあるのは、「一人前とみなされたい」思いなのだろう。「秘密結社ＳＡＳ」でも、映画に触発された少女たちが「美人になって魅力的になるの。近づいてくるすべての男性をわなにかけられる、避けられない魅力の持ち主よ」と気炎を吐き、美しくなろうとする（しかしパティはじきに飽きる）。表向きの彼女らの目的は、「男性に仕返しする」こと。時代は十九世紀から二十世紀へ変わったばかり、庇護《ひご》されるものとしてではなく、対等に見て欲しいと願う、この渇望《かつぼう》。しかしそちらの視線が変わらないのであれば、女性らしさを武器にしてでもこの男性社会を生き抜いていこう。この「寄らば斬るぞ」的な迫力が、前述した「残酷さ」「容赦のなさ」に結びつくのだと思う。

ここでいよいよ鮮やかに活写されるのは、作者・ジーン・ウェブスターの内面である。生涯女性参政権のために運動し続けたのも、また社会事業に参画し続けたのも、彼女らしいことだったと改めて思う。

『おちゃめなパティ』は、飄々《ひょうひょう》とコメディタッチで描かれた学園ものでありながら、その向こうに現代の抱える問題とも無縁ではない著者の思想や理念が垣間《かいま》見える、興味深い作品だ。

（二〇二四年八月、小説家）

本作品は訳し下ろしです。本書の記述、表現の中には今日の観点からすると差別的表現ととられかねない箇所があります。しかし作者には差別をことさらに助長しようという意図はないため、また執筆当時の時代状況と作品のもつ文学的価値に鑑み、できる限り原文に忠実な翻訳としたことをお断りいたします。（新潮文庫編集部）

アンデルセン
矢崎源九郎訳
絵のない絵本
世界のすみずみを照らす月を案内役に、空想の翼に乗って遥かな国に思いを馳せ、明るいユーモアをまじえて人々の生活を語る名作。

サン＝テグジュペリ
河野万里子訳
星の王子さま
世界中の言葉に訳され、子どもから大人まで広く読みつがれてきた宝石のような物語。今までで最も愛らしい王子さまを甦らせた新訳。

J・G・ロビンソン
高見　浩　訳
思い出のマーニー
心を閉ざしていたアンナに初めてできた親友マーニーは突然姿を消してしまって……。過去と未来をめぐる奇跡が少女を成長させる！

P・ギャリコ
古沢安二郎訳
ジェニィ
まっ白な猫に変身したピーター少年は、やさしい雌猫ジェニィとめぐり会った……二匹の猫が肩寄せ合って恋と冒険の旅に出発する。

J・ヒルトン
白石　朗　訳
チップス先生、さようなら
自身の生涯を振り返る老教師。生徒の愉快な笑い声、大戦の緊迫、美しく聡明な妻。英国パブリック・スクールの生活を描いた名作。

E・ケストナー
池内　紀　訳
飛ぶ教室
元気いっぱいの少年たちが学び暮らすギムナジウムにも、クリスマス・シーズンがやってきた。その成長を温かな眼差しで描く傑作小説。

ツルゲーネフ
神西 清 訳

はつ恋

年上の令嬢ジナイーダに生れて初めての恋をした16歳のウラジミール——深い憂愁を漂わせて語られる、青春時代の甘美な恋の追憶。

シェイクスピア
中野好夫訳

ロミオとジュリエット

仇敵同士の家に生れたロミオとジュリエット。その運命的な出会いと、永遠の愛を誓いあったのも束の間に迎えた不幸な結末。恋愛悲劇。

ディケンズ
村岡花子訳

クリスマス・キャロル

貧しいけれど心の暖かい人々、孤独で寂しい自分の未来……亡霊たちに見せられた光景が、ケチで冷酷なスクルージの心を変えさせた。

G・ルルー
村松 潔 訳

オペラ座の怪人

19世紀末パリ、オペラ座。夜ごと流麗な舞台が繰り広げられるが、地下には魔物が棲んでいるのだった。世紀の名作の画期的新訳。

サガン
河野万里子訳

悲しみよ こんにちは

父とその愛人とのヴァカンス。新たな恋の予感。だが、17歳のセシルは悲劇への扉を開いてしまう——。少女小説の聖典、新訳成る。

サリンジャー
村上春樹訳

フラニーとズーイ

どこまでも優しい魂を持った魅力的な小説……『キャッチャー・イン・ザ・ライ』に続くサリンジャーの傑作を、村上春樹が新訳！

フィッツジェラルド
野崎孝訳
グレート・ギャツビー
豪奢な邸宅、週末ごとの盛大なパーティ……絢爛たる栄光に包まれながら、失われた愛を求めてひたむきに生きた謎の男の悲劇的生涯。

テリー・ケイ
兼武進訳
白い犬とワルツを
誠実に生きる老人を通して真実の愛の姿を美しく爽やかに描き、痛いほどの感動を与える大人の童話。あなたは白い犬が見えますか？

B・シュリンク
松永美穂訳
朗読者
毎日出版文化賞特別賞受賞
15歳の僕と36歳のハンナ。人知れず始まった愛には、終わったはずの戦争が影を落としていた。世界中を感動させた大ベストセラー。

C・ドイル
延原謙訳
シャーロック・ホームズの冒険
ロンドンにまき起る奇怪な事件を追う名探偵シャーロック・ホームズの推理が冴える第一短編集。「赤髪組合」「唇の捩れた男」等、10編。

M・ルブラン
堀口大學訳
ルパン対ホームズ
―ルパン傑作集（V）―
フランス最大の人気怪盗アルセーヌ・ルパンと、イギリスが誇る天才探偵シャーロック・ホームズの壮絶な一騎打。勝利はいずれに？

M・シェリー
芹澤恵訳
フランケンシュタイン
若き科学者フランケンシュタインが創造した、人間の心を持つ醜い〝怪物〟。孤独に苦しみ、復讐を誓って科学者を追いかけてくるが――。

新潮文庫最新刊

帚木蓬生著
花散る里の病棟
町医者こそが医師という職業の集大成なのだ——。医家四代、百年にわたる開業医の戦いと誇りを、抒情豊かに描く大河小説の傑作。

藤ノ木優著
あしたの名医2
—天才医師の帰還—
腹腔鏡界の革命児・海崎栄介が着任。彼を加えたチームが迎えるのは危機的な状況に陥った妊婦——。傑作医学エンターテインメント。

貫井徳郎著
邯鄲の島遥かなり（中）
男子普通選挙が行われ、島に富をもたらす一橋産業が興隆を誇るなか、平和な島にも戦争が影を落としはじめていた。波乱の第二巻。

一條次郎著
チェレンコフの眠り
飼い主のマフィアのボスを喪ったヒョウアザラシのヒョーは、荒廃した世界を漂流する。愛おしいほど不条理で、悲哀に満ちた物語。

矢樹純著
血腐れ
妹の唇に触れる亡き夫。縁切り神社の血なまぐさい儀式。苦悩する母に近づいてきた女。戦慄と衝撃のホラー・ミステリー短編集。

J・グリシャム
白石朗訳
告発者（上・下）
内部告発者の正体をマフィアに知られる前に、調査官レイシーは真相にたどり着けるか⁉全米を夢中にさせた緊迫の司法サスペンス。

Title：Just Patty
Author：Jean Webster

おちゃめなパティ

新潮文庫　ウ－4－3

Published 2024 in Japan
by Shinchosha Company

令和六年十一月一日発行
訳者　三《み》角《すみ》和《かず》代《よ》
発行者　佐藤隆信
発行所　株式会社新潮社
郵便番号　一六二―八七一一
東京都新宿区矢来町七一
電話　編集部(〇三)三二六六―五四四〇
読者係(〇三)三二六六―五一一一
https://www.shinchosha.co.jp
価格はカバーに表示してあります。
乱丁・落丁本は、ご面倒ですが小社読者係宛ご送付ください。送料小社負担にてお取替えいたします。

印刷・株式会社三秀舎　製本・株式会社植木製本所

ISBN978-4-10-208205-8 C0197